張擇端「清明上河圖」(部分)——張擇端，北宋畫家，所繪「清明上河圖」長卷以寫實手法描繪北宋京城開封府各色居民的生活，是中國繪畫的希世珍品，可惜原作已毀失(據說是為宮中太監所竊，藏於溝渠，適是晚大雨而毀)，現傳世的都是元明畫家的臨摹本，共有十種。

「清明上河圖」（部分）——圖正中是一家弓店，弓匠正在試弓，左上角是一家三層樓的大酒樓。

「清明上河圖」（部分）——開封城城門，一隊駱駝隊正在出城。

蘇六朋「東山報捷圖」——蘇六朋，晚清廣東順德人，善畫人物。圖中弈棋者為東晉人謝安，由此可想見本書蘇星河在松下石上與人拆解棋局珍瓏之情景。

宋人「雲峯遠眺圖」——舊題夏珪作。夏珪，杭州人，北宋大畫家。本書逍遙子、聰辯先生一派人的生活，當與圖中人相似。

以下六圖／周臣「人物」——周臣所繪長卷中之人物，道士、和尚、中年婦人、少婦、江湖人物等，形象生動，兼具寫意與寫實之所長，是我國繪畫中的珍品。在以前注重文人畫時代，不甚為人所重，近代則評價甚高。

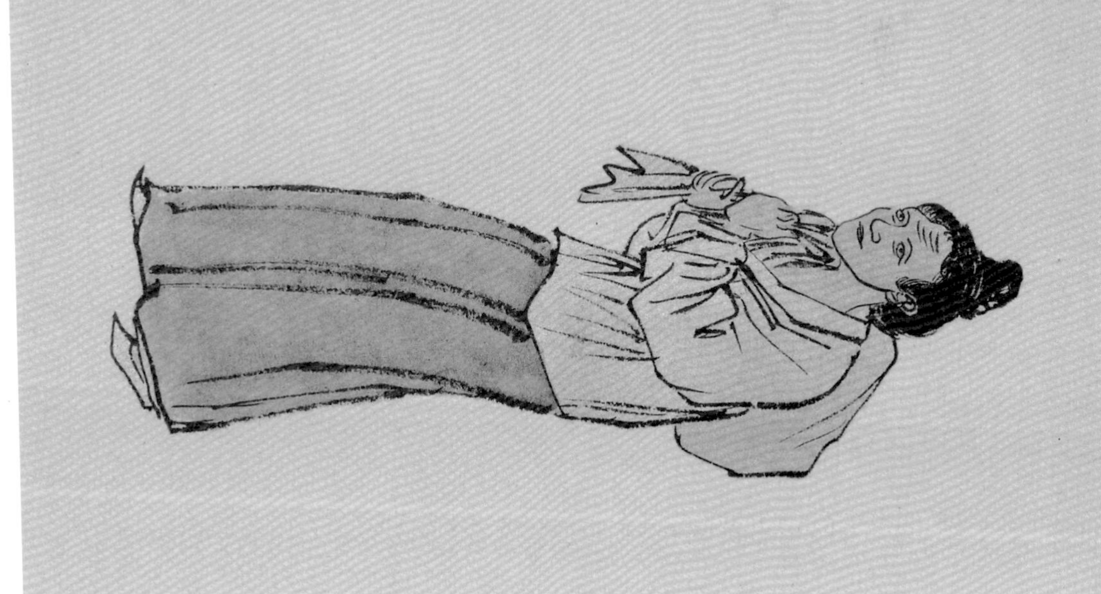

大字版

天龍八部

金庸

⑦天山童姥

大字版金庸作品集㊼

天龍八部

(7)天山童姥 「公元2005年金庸新修版」

The Semi-gods and the Semi-devils, Vol.7

作　　者／金　庸

封面設計／唐壽南　內頁插畫／王司馬

發 行 人／王　榮　文

出版・發行／遠流出版事業股份有限公司

臺北市中山北路一段11號13樓

電話／2571-0297　**傳真**／2571-0197　**郵撥**／0189456-1

□2005年11月16日　初版一刷

□2022年 3 月16日　二版五刷

大字版　每冊 *380* 元（本作品全十冊，共3800元）

〔另有典藏版共36冊（不分售），平裝版共36冊，新修版共36冊，新修文庫版共72冊〕

ISBN　978-957-32-8133-7（**套：大字版**）

ISBN　978-957-32-8129-0（**第七冊：大字版**）

Printed in Taiwan

YLib 遠流博識網

http://www.ylib.com　E-mail:ylib@ylib.com

目錄

三一　輸贏成敗　又爭由人算……一四八九
三二　且自逍遙沒誰管……一五三三
三三　奈天昏地暗　斗轉星移……一五七九
三四　風驟緊　縹緲峯頭雲亂……一六一七
三五　紅顏彈指老　刹那芳華……一六六一

（本書第七集及第八集十回回目，十句調寄〈洞仙歌〉。）

豈知數著一下之後，局面竟起了極大變化。原來這「珍瓏」的秘奥，正是要白棋先擠死自己一大塊共活之棋，以後的妙著方能源源而生。

三一　輸贏成敗　又爭由人算

車行轔轔，日夜不停。玄難、鄧百川、康廣陵等均是當世武林大豪，這時武功全失，成爲隨人擺布的囚徒。衆人只約莫感到，一行人是向東南方而行。

如此走得八日，到第九日上，一早便上了山道。行到午間，地勢越來越高，終於大車再也沒法上山。星宿派衆弟子將玄難等叫出車來。步行半個多時辰，來到一地，但見竹陰森森，景色清幽，山澗旁用巨竹搭著個涼亭，構築精雅，極盡巧思，竹即是亭，亭即是竹，一眼看去，竟分不出是竹林還是亭子。馮阿三大爲讚佩，左右端相，驚疑不定。

衆人剛在涼亭中坐定，山道上四人快步奔來。當先二人是丁春秋的弟子，當是在車停之前便上去探山或傳訊的。後面跟著兩個身穿鄉農衣衫的青年漢子，走到丁春秋面前，躬身行禮，呈上一通書信。丁春秋拆開看了，冷笑道：「很好，很好。你還沒死心，要再決生死，自當奉陪。」便作了個手勢。

那青年漢子從懷中取出一個炮仗，打火點燃。砰的一聲，炮仗竄上天空。尋常砲仗都是「砰」的一聲響過，跟著在半空中「啪」的一聲，炸得粉碎，這炮仗飛到半空之後，卻啪啪啪連響三下。馮阿三向康廣陵低聲道：「大哥，這是本門的製作。」

不久山道上走下一隊人來，共有三十餘人，都是鄉農打扮，手中各攜長形兵刃。到得近處，才見這些長物並非兵刃，乃是竹槓。每兩根竹槓之間繫有繩網，可供人乘坐。

丁春秋冷笑道：「主人肅客，大家不用客氣，便坐了上去罷。」當下玄難等一一坐上繩網。那些青年漢子兩個抬一個，健步如飛，向山上奔去。

丁春秋大袖飄飄，率先而行。他奔行並不急遽，但在這陡削的山道上宛如御風飄浮，足不點地，頃刻間便沒入了前面的竹林。

鄧百川等中了他化功大法的劇毒，一直心中憤懣，均覺誤為妖邪所傷，非戰之罪，這時見到他輕功精湛，那是取巧不來的眞實本領，不由得嘆服，尋思：「他便不使妖邪功夫，我也不是他對手。」風波惡讚道：「這老妖的輕功當眞了得，佩服啊佩服！」

他出口一讚，星宿羣弟子登時競相稱頌，說得丁春秋的武功當世固然無人可比，而且自古以來的武學大師，甚麼達摩老祖等，也都大為不及，諂諛之烈，衆人聞所未聞。

包不同道：「衆位老兄，星宿派的功夫，確是勝過了任何門派，當眞是前無古人，後無來者。」衆弟子大喜。一人問道：「依你之見，我派最厲害的功夫是那一項？」包不同道：「豈止一項，至少也有三項。」衆弟子更加高興，齊問：「是那三項？」

包不同道：「第一項是馬屁功。這一項功夫如不練精，只怕在貴門之中，活不上一天半日。第二項是法螺功，若不將貴門的武功德行大加吹噓，不但師父瞧你不起，在同門之間也必大受排擠，沒法立足。這第三項功夫呢，那便是厚顏功了。若不是抹煞良心，厚顏無恥，又如何練得成馬屁與法螺這兩大奇功。」

他說了這番話，料想星宿派羣弟子必定人人大怒，紛紛向他拳足交加，不過這幾句話骨鯁在喉，不吐不快，豈知星宿派弟子聽了這番話後，一個個默默點頭。一人道：「老兄聰明得緊，對本派的奇功倒也知之貼切。不過這馬屁、法螺、厚顏三門神功，那也是很難修習的。尋常人於世俗之見沾染甚深，總覺得有些事是好的，有些事是壞的。只要心中存了這等無聊的善惡之念、是非之分，要修習厚顏功便事倍功半，往往在要緊關頭，功虧一簣。因此這三項神功的根基，乃是顚倒黑白、是非不分大法。」

包不同本是出言譏刺，萬萬料想不到這些人安之若素，居之不疑，心中大奇，笑道：「貴派這顚倒黑白、是非不分大法深奧無比，小子心存仰慕，要請大仙再加開導。」

那人聽包不同稱他爲「大仙」，登時飄飄然起來，說道：「你不是本門中人，這些神功的祕奧，自不能向你傳授。不過有些粗淺道理，跟你說說倒也不妨。最重要的祕訣，自然是將師父奉若神明，他老人家便放一個屁……」

包不同搶著道：「當然也是香的。更須大聲呼吸，衷心讚頌……」那人道：「你這話大處甚是，小處略有缺陷，不是『大聲呼吸』，而是『大聲吸，小聲呼』。」包不同道：「對對，大仙指點得是，若是大聲呼氣，不免似嫌師父之屁……這個並不太香。」

那人點頭道：「不錯，你天資很好，倘若投入本門，該有相當造詣，只可惜誤入歧途，進了旁門左道的門下。本門功夫雖變化萬狀，但基本功訣也不繁複，只須牢記『抹殺良心』四字，大致上也差不多了。『顛倒黑白、是非不分』這八字訣，在外人固行之維艱，入了我門之後，自然而然成了天經地義，一點也不難了。」

包不同連連點頭，說道：「聞君一席話，勝讀十年書。在下對貴派心嚮往之，恨不得投入貴派門下，不知大仙能加引薦麼？」那人微微一笑，道：「要投入本門，當眞談何容易？那許許多多艱難困苦的考驗，諒你也沒法經受得起。」另一名弟子道：「這裏耳目衆多，不宜與他多說。姓包的，你若眞有投靠本門之心，當我師父心情大好之時，我可為你在師父面前說幾句好話。本派廣收徒衆，我瞧你根骨倒也不差，若得師父大發慈悲，收你為徒，日後或許能有點兒造就。」包不同一本正經的道：「多謝，多謝！大仙大恩大德，包某沒齒難忘。」

鄧百川、公冶乾等聽包不同逗引星宿派弟子，不禁又好氣，又好笑，心想：「世上竟有如此卑鄙無恥之人，以吹牛拍馬為榮，當眞罕見罕聞。」

說話之間，一行人已進了一個山谷。谷中都是松樹，山風過去，松聲若濤。在林間行了里許，來到三間木屋之前。只見屋前的一株大樹之下，有二人相對而坐。左首一人身後站著三人。丁春秋遠遠站在一旁，仰頭向天，神情傲慢。

一行人漸漸行近，包不同忽聽得身後竹槓上的李傀儡喉間「咕」的一聲，似要說話，卻又強行忍住。包不同回頭望去，見他臉色雪白，神情甚是惶怖。包不同道：「你這扮的是甚麼？是扮見了鬼的子都嗎？嚇成這個樣子！」李傀儡不答，似乎全沒聽到他的說話。

走到近處，見坐著的兩人之間有塊大石，上有棋盤，兩人正在對弈。右首是個矮瘦的乾癟老頭兒，左首則是個青年公子。包不同認得那公子便是段譽，心下老大沒味，尋思：「我對這小子向來甚是無禮，今日老子的倒霉樣兒卻給他瞧了去，這小子定要出言譏嘲。」

但見那棋盤彫在一塊大青石上，黑子、白子全都晶瑩發光，雙方各已下了百餘子。丁春秋慢慢走近觀弈。那矮小老頭拈黑子下了一著，忽然雙眉一軒，似是看到了棋局中奇妙緊迫的變化。段譽手中拈著一枚白子，沉吟未下，包不同叫道：「喂，姓段的小子，你已輸了，這就跟姓包的難兄難弟，一塊兒認輸罷。」段譽身後三人回過頭來，怒目而視，正是朱丹臣等三名護衛。

突然之間，康廣陵、范百齡等函谷八友，一個個從繩網中掙扎下地，走到離那青石棋盤丈許之處，一齊跪下。

包不同吃了一驚，說道：「搗甚麼鬼？」四字一說出口，立即省悟，這個瘦小乾枯的老頭兒，便是聾啞老人「聰辯先生」，也即是康廣陵等八人的師父。但他是星宿老怪丁春秋的死對頭，強仇到來，怎麼仍好整以暇的與人下棋？而且對手又不是甚麼重要角色，不過是個不會武功的書獃子而已？

康廣陵道：「你老人家清健勝昔，咱們八人歡喜無限。」函谷八友為聰辯先生蘇星河逐出師門後，不敢再以師徒相稱。范百齡道：「少林派玄難大師瞧你老人家來啦。」

蘇星河站起身來，向著眾人深深一揖，說道：「玄難大師駕到，老朽蘇星河有失迎迓，罪甚，罪甚！」眼光向眾人一瞥，便又轉頭去瞧棋局。

眾人曾聽薛慕華說過他師父被迫裝聾作啞的緣由，此刻他居然開口說話，自是決意與丁春秋一拚死活了。康廣陵、薛慕華等都不自禁的向丁春秋瞧了瞧，既感興奮，亦復躭心。

玄難說道：「好說，好說！」見蘇星河如此重視這一盤棋，心想：「此人雜務過多，書畫琴棋，無所不好，難怪武功要不及師弟。」

萬籟無聲之中，段譽忽道：「好，便如此下！」說著將一枚白子下在棋盤之上。蘇星河臉有喜色，點了點頭，意似嘉許，下了一著黑子。段譽將十餘路棋子都已想通，跟著便下白子，蘇星河又下了一枚黑子，兩人下了十餘著，段譽吁了口長氣，搖頭道：「老先生所擺的珍瓏深奧巧妙之極，晚生破解不來。」

眼見蘇星河是贏了，可是他臉上反現慘然之色，說道：「公子棋思精密，這十幾路棋已臻極高境界，只是未能再想深一步，可惜，可惜。唉，可惜，可惜！」他連說了四聲「可惜」，惋惜之情，確是十分誠摯。段譽將自己所下的十餘枚白子從棋盤上撿起，放入木盒。蘇星河也撿起了十餘枚黑子。棋局上仍留著原來的陣勢。

段譽退在一旁，望著棋局怔怔出神：「這個珍瓏，便是當日我在無量山石洞中所見的。這位聰辯先生必與洞中的神仙姊姊有些淵源，待會得便，須當悄悄向他請問，可決計不能讓別人聽見了。否則的話，大家都擁去瞧神仙姊姊，豈不褻瀆了她？」

函谷八友中的二弟子范百齡是個棋迷，遠遠望著那棋局，已知不是「師父」與這位青年公子對弈，而是「師父」布了個「珍瓏」，這青年公子試行破解，卻破解不來。他跪在地下看不清楚，便即抬起膝蓋，伸長了脖子，想看個明白。

蘇星河道：「你們大夥兒都起來！百齡，這個『珍瓏』牽涉重大，你過來好好瞧一瞧，倘能破解得開，乃是一件大大妙事。」

范百齡大喜，應道：「是！」站起身來，走到棋盤旁，凝神瞧去。

鄧百川低聲問道：「二弟，甚麼叫『珍瓏』？」公冶乾也低聲道：「『珍瓏』即是圍棋的難題。那是一位高手故意擺出來難人的，並不是兩人對弈出來的陣勢，因此或生、或死、或劫，往往極難推算。」尋常「珍瓏」少則十餘子，多者也不過四五十子，但這一個卻有二百餘子，一盤棋已下得接近完局。公冶乾於此道所知有限，看了一會不懂，也就不看了。

范百齡精研圍棋數十年，實是此道高手，見這一局棋劫中有劫，既有共活，又有長生，或反撲，或收氣，花五聚六，複雜無比。他登時精神一振，再看片時，忽覺頭暈腦脹，只計算了右下角一塊小小白棋的死活，已覺胸口氣血翻湧。他定了定神，第二次再算，發覺原先以為這塊白棋是死的，其實卻有可活之道，但要殺卻旁邊一塊黑棋，牽涉卻又極多，再算得幾下，突然眼前一團漆黑，喉頭一甜，噴出一大口鮮血。

蘇星河冷冷的看著他，說道：「這局棋本來極難，你天資有限，雖棋力不弱，卻也多半解不開，何況又有丁春秋這惡賊在旁施展邪術，迷人心魄，實在大是凶險，你到底要想下去呢，還是不想了？」范百齡道：「生死有命，弟……我……決意盡心盡力。」蘇星河點點頭，道：「那你慢慢想罷。」范百齡凝視棋局，身子搖搖晃晃，又噴了一大口鮮血。

丁春秋冷笑道：「枉自送命，卻又何苦？這老賊布下的機關，原是用來折磨、殺傷人的，范百齡，你這叫做自投羅網。」

蘇星河斜眼向他睨了一眼，道：「你稱師父做甚麼？」丁春秋道：「他是老賊，我便叫他老賊！」蘇星河道：「聾啞老人今日不聾不啞了，你想必知道其中緣由。」丁春秋道：「妙極！你自毀誓言，是自己要尋死，須怪我不得。」

蘇星河走到大樹邊，提起樹旁一塊大石，放在玄難身畔，說道：「大師請坐。」玄難見這塊大石無慮二百來斤，蘇星河這樣乾枯矮小的一個老頭兒，全身未必有八十斤重，但他舉重若輕，毫不費力的將這塊巨石提了起來，功力確眞了得，自己武功未失之時，要提這塊巨石當然並不爲難，但未必能如他這般輕描淡寫，行若無事，當下合什說道：「多謝！」坐到石上。

蘇星河又道：「這個珍瓏棋局，乃先師所製。先師當年窮三年心血，這才布成，深盼當世棋道中的知心之士，予以破解。在下三十年來苦加鑽研，未能參解得透。」說到這裏，眼光向玄難、段譽、范百齡等人一掃，說道：「玄難大師精通禪理，自知禪宗要旨，在於『頓悟』。窮年累月的苦功，未必能及具有宿根慧心之人的一見即悟。棋道也是一般，才氣橫溢的八九歲小兒，棋枰上往往能勝一流高手。在下雖參研不透，但天下才士甚衆，未必都破解不得。先師當年留下了這個心願，倘若有人破解開了，完了先師的心願，先師雖已不在人世，泉下有知，也必定大感欣慰。」

玄難心想：「這位聰辯先生的師父徒弟，性子相似，都將畢生的聰明才智，浸注於這些不相干的事上，以致讓丁春秋橫行無忌，無人能加禁制，當眞可嘆。」

只聽蘇星河道：「我這個師弟，」說著向丁春秋一指，說道：「當年背叛師門，害得先師飲恨謝世，將我打得無法還手。在下本當一死殉師，但想起師父有此心願未了，若不覓到才士破解，死後也難見師父之面，是以忍辱偷生，苟活至今。這些年來，在下遵守師弟之約，不言不語，不但自己做了聾啞老人，連門下新收的弟子，也都強著他們做了聾子啞子。唉，三十年來，一無所成，這個棋局，仍無人能夠破解。這位段公子固然英俊瀟洒……」

包不同插口道：「非也，非也！這位段公子未必英俊，瀟洒更加不見得，何況人品英俊瀟洒，跟下棋有甚麼干係，欠通啊欠通！」蘇星河道：「這中間大有干係，大有干係。」包不同道：「你老先生的人品，嘿嘿，也不見得如何英俊瀟洒啊。」蘇星河向他凝視片刻，微微一笑。包不同道：「你定是說我包不同比你老先生更加醜陋古怪……」

蘇星河不再理他，續道：「段公子英俊瀟洒，可喜可親，而所下的十餘著，也已極盡精妙，在下本來寄以極大期望，豈知棋差一著。下到後來，終於還是不成。」

段譽臉有慚色，道：「晚生資質愚魯，有負老丈雅愛，極是慚愧……」

一言未畢，猛聽得范百齡大叫一聲，口中鮮血狂噴，向後便倒。蘇星河左手微抬，嗤嗤嗤三聲，三枚棋子彈出，打中了他胸口穴道，這才止了他噴血。

眾人正錯愕間，忽聽得啪的一聲，半空中飛下白白的一粒東西，打上棋盤。

蘇星河看去，見是一小粒松樹的樹肉，新從樹中挖出來的，正好落在「去」位的七九路上，那是破解這「珍瓏」的關鍵所在。他一抬頭，見左首五丈外的一棵松樹之後，露出淡黃色長袍一角，顯然隱得有人。蘇星河又驚又喜，說道：「又到了一位高人，老朽不勝之喜。」正要以黑子相應，耳邊突然間一聲輕響過去，一粒黑色小物從背後飛來，落在「去」位的八八路，正是蘇星河所要落子之處。

眾人「咦」的一聲，轉過頭去，竟一個人影也無。右首的松樹均不高大，樹上如藏得有人，一眼便見，實不知這人躲在何處。蘇星河見這粒黑物是一小塊松樹皮，所落方位極準，心下暗自駭異。那黑物剛下，左首松樹後又射出一粒白色樹肉，落在「去」位五六路上。

只聽得嗤的一聲響，一粒黑物盤旋上天，跟著筆直落下，不偏不倚的跌在「去」位四五路上。這黑子成螺旋形上升，發自何處，便難以探尋，而它落下來仍有如此準頭，這份暗器功夫，實足驚人。旁觀衆人心下欽佩，齊聲喝采。

采聲未歇，只聽得松樹枝葉間傳出一個清朗的聲音：「慕容公子，你來破解珍瓏，小僧代應兩著，勿怪冒昧。」枝葉微動，清風颯然，棋局旁已多了一名僧人。這和尚身穿灰布僧袍，神光瑩然，寶相莊嚴，臉上微微含笑。

段譽吃了一驚，心道：「鳩摩智這魔頭又來了！」又想：「難道剛才那白子是慕容公子所發？這位慕容公子，今日我終於要見到了？」

只見鳩摩智雙手合什，向蘇星河、丁春秋和玄難各行一禮，說道：「小僧途中得見聰辯先生棋會邀帖，不自量力，前來會見天下高人。」又道：「慕容公子，這也就現身罷！」

但聽得笑聲清朗，一株松樹後轉了兩個人出來。段譽登時眼前一黑，嘴裏發苦，全身生熱。其中一人娉娉婷婷，緩步而來，正是他朝思暮想、無時或忘的王語嫣。她滿臉傾慕愛戀之情，痴痴的瞧著她身旁一個青年公子。段譽順著她目光看去，但見那人二十八九歲年紀，身穿淡黃輕衫，腰懸長劍，飄然而來，面目清俊，瀟洒閒雅。

段譽一見之下，身上冷了半截，眼圈一紅，險些便要流下淚來，心道：「人道慕容公子是人中龍鳳，果然名不虛傳。王姑娘對他如此傾慕，也眞難怪。唉，我一生一世，命中是注定要受苦受難了。」他自怨自艾，自嘆自傷，不願抬頭去看王語嫣的神色，但終於忍不住又偷偷瞧了她一眼。只見她容光煥發，似乎全身都要笑了出來，自相識以來，從未見過她如此歡喜。兩人已走近身來，但王語嫣對段譽視而不見，竟沒向他招呼。段譽心道：「她心中從來就沒我這個人在，以前就算跟我在一起，心中也只有她表哥。」

鄧百川、公冶乾、包不同、風波惡四人早搶著迎上。公冶乾向慕容復低聲稟告蘇星河、丁春秋、玄難等三方人眾的來歷。包不同道：「這姓段的是個書獃子，不會武功，剛才已下過棋，敗下陣來。」

慕容復和眾人一一行禮廝見，言語謙和，著意結納。「姑蘇慕容」名震天下，眾人都想不到竟是這麼個俊雅清貴的公子哥兒，當下互道仰慕，連丁春秋也說了幾句客氣話。

慕容復最後才和段譽相見，說道：「段兄，你好。」段譽神色慘然，搖頭道：「你才好了，我……我一點兒也不好。」王語嫣「啊」的一聲，道：「段公子，你也在這裏。」段譽道：「是，我……我……」王語嫣道：「段公子，你找阿碧嗎？我表哥派人送她回蘇州去了。家裏沒人照應，我們都不放心。」段譽唯唯而應。

慕容復向他瞪了幾眼，不再理睬，走到棋局旁，拈起白子，入局下棋。鳩摩智微笑道：「慕容公子，你武功雖強，這弈道只怕也是平常。」說著下了一枚黑子。慕容復道：「未必便輸於你。」說著下了一枚白子。鳩摩智應了一著。

慕容復對這局棋凝思已久，自信已想出了解法。可是鳩摩智這一著卻大出他意料之外，本來籌劃好的全盤計謀盡數落空，須得從頭想起，過了良久，才又下一子。

鳩摩智運思極快，跟著便下。兩人一快一慢，下了二十餘子，鳩摩智突然哈哈大笑，說道：「慕容公子，咱們一拍兩散！」慕容復怒道：「你這麼瞎搗亂！那麼你來解解看。」鳩摩智笑道：「這個棋局，原本世上無人能解，是用來作弄人的。小僧有自知之明，不想多耗心血於無益之事。慕容公子，你連我在邊角上的糾纏也擺脫不了，還想逐鹿中原麼？」

慕容復心頭一震，霎時間百感交集，反來覆去只想著他那句話：「你連我在邊角上的糾纏也擺脫不了，還想逐鹿中原麼？」

眼前漸漸模糊，棋局上的白子黑子似乎都化作了將官士卒，東一團人馬，西一塊陣營，你圍住我，我圍住你，互相糾纏不清的廝殺。慕容復眼睜睜見到，己方白旗白甲的兵馬給黑旗黑甲的敵人圍住了，左衝右突，始終殺不出重圍，心中越來越焦急：「我慕容氏難道天命已盡，千百圖謀，盡皆成空，一切枉費心機？我一家數百年盡心竭力，終究化作一場春夢！時也命也，夫復何言？」突然大叫一聲，拔劍便往頸中刎去。

當慕容復呆立不語、神色不定之際，王語嫣和段譽、鄧百川、公冶乾等都目不轉睛的凝視著他。慕容復竟會忽地拔劍自刎，這一著誰都料想不到，鄧百川等一齊搶上解救，但功力已失，全都慢了一步。

段譽食指點出，叫道：「不可如此！」只聽得「嗤」的一聲，慕容復手中長劍晃動，噹的一聲，掉在地下。

鳩摩智笑道：「段公子，好一招六脈神劍！」

慕容復長劍脫手，一驚之下，才從幻境中醒轉。王語嫣拉著他手，連連搖晃，叫道：「表哥！解不開棋局，又打甚麼緊？你何苦自尋短見？」說著兩串淚珠從面頰上滾了下來。

慕容復茫然道：「我怎麼了？」王語嫣道：「幸虧段公子打落了你手中長劍，否則……否則……」公冶乾勸道：「公子，這棋局迷人心魄，看來其中含有幻術，公子不必再耗費心思。」慕容復轉頭向著段譽，問道：「閣下適才這一招，便是六脈神劍的劍招麼？可惜我沒瞧見，閣下能否再試一招，俾在下得以一開眼界。」

段譽向鳩摩智瞧了瞧，生怕他見到自己使了一招「六脈神劍」之後，又來捉拿自己，這路劍法時靈時不靈，惡和尚倘若出手，那可難以抵擋，心中害怕，向左跨了三步，與鳩摩智離得遠遠地，中間有朱丹臣等三人相隔，這才答道：「我……我心急之下，一時碰巧，要再試一招，這就難了。你剛才當眞沒瞧見？」

慕容復臉有慚色，道：「在下一時之間心神迷糊，竟似著魔中邪一般。」

包不同大叫一聲，道：「是了，定是星宿老怪在旁施展邪法，公子，千萬小心！」

慕容復向丁春秋橫了一眼，向段譽道：「在下誤中邪術，多蒙救援，感激不盡。段兄身負『六脈神劍』絕技，可是大理段家的嗎？」

忽聽得遠處一個聲音悠悠忽忽的飄來：「那一個大理段家的人在此？是段正淳嗎？」正是「惡貫滿盈」段延慶。

朱丹臣等立時變色。只聽得一個金屬相擦般的聲音叫道：「我們老大，才是正牌大理段氏，其餘都是冒牌貨。」段譽微微一笑，心道：「我徒兒也來啦。」

南海鱷神的叫聲甫歇，山下快步上來一人，身法奇快，正是雲中鶴，叫道：「天下四大惡人拜訪聰辯先生，謹赴棋會之約。」蘇星河道：「歡迎之至。」這四字剛出口，雲中鶴已飄行到了衆人身前。

過得片刻，段延慶、葉二娘、南海鱷神三人並肩而至。南海鱷神大聲道：「我們老大見到請柬，很是歡喜，別的事情都擱下了，趕著來下棋，他武功天下無敵，比我岳老二還要厲害。那一個不服，這就上來跟他下三招棋。你們要單打獨鬥呢，還是大夥兒齊上？怎地還不亮兵刃？」葉二娘道：「老三，別胡說八道！下棋又不是動武打架，亮甚麼兵刃？又有甚麼大夥兒齊上？」南海鱷神道：「你才胡說八道，不動武打架，老大巴巴的趕來幹甚麼？」

段延慶目不轉睛的瞧著棋局，凝神思索，過了良久良久，左手鐵杖伸到棋盒中一點，杖頭便如有吸力一般，吸住一枚白子，放上棋局。

玄難讚道：「大理段氏武功獨步天南，眞乃名下無虛。」

段譽見過段延慶當日與黃眉僧弈棋的情景，知他不但內力深厚，棋力也是甚高，說不定這個「珍瓏」便給他破解開來。朱丹臣在他耳畔悄聲道：「公子，咱們走罷！可別失了良機。」但段譽既想看段延慶如何解此難局，又好容易見到王語嫣，「良機」正是在此，便天塌下來也不肯捨她而去，只「唔，唔」數聲，反而向棋局走近幾步。

蘇星河對這局棋的千變萬化，每一著都早已了然於胸，當即應了一著黑棋。段延慶想了一想，下了一子。蘇星河道：「閣下這一著極是高明，且看能否破關，打開一條出路。」下了一子黑棋，封住去路。段延慶又下一子。

那少林僧虛竹忽道：「這一著只怕不行！」他適才見慕容復下過這一著，此後接下去，終至拔劍自刎。他生怕段延慶重蹈覆轍，心下不忍，便出言提醒。

南海鱷神大怒，叫道：「憑你這小和尙，也配來說我老大行不行！」一把抓住他背心，提了過去。段譽道：「好徒兒，別傷了這位小師父！」南海鱷神到來之時，早就見到段譽，心中一直尷尬，最好是段譽不言不語，那知他還是叫了出來，氣憤憤的道：「不傷便不傷，打甚麼緊！」又將虛竹放落。

眾人見這個如此橫蠻兇狠的南海鱷神居然聽段譽的話，對他以「徒兒」相稱也不反口，都感奇怪。只朱丹臣等人明白其中原委，心下暗暗好笑。

虛竹坐在地下，尋思：「我師父常說，佛祖傳下的修證法門是戒、定、慧三學。《楞嚴經》云：『攝心爲戒，因戒生定，因定發慧。』我等鈍根之人，難以攝心爲戒，因此達摩祖師傳下了方便法門，教我們由學武而攝心，也可由弈棋而攝心。學武講究勝敗，下棋也講究勝敗，恰和禪定之理相反，因此不論學武下棋，均須無勝敗心。唸經、吃飯、行路、睡覺，無勝敗心極易，比武、下棋之時無勝敗心卻極難。若在比武、下棋之時能無勝敗心，那便近道了。《法句經》有云：『勝則啓怨，負則自鄙。去勝負心，無諍自安。』我武功不佳，棋術低劣，和師兄弟們比武、下棋之時，一向勝少敗多，師父反讚我能不嗔不怨，勝敗心甚輕。怎地今日我見這位段施主下了一著錯棋，便躭心他落敗，出言指點？何況以我的棋術，又怎能指點旁人？他這著棋雖與慕容公子的相同，此後便多半不同了，我自己不解，反而說『只怕不行』，豈不是大有貢高自慢之心？」

段延慶下一子，想一會，一子一子，越想越久，下到二十餘子時，日已偏西，玄難忽道：「段施主，你起初十著走的是正著，第十一著起，走入了旁門，越走越偏，再也難以挽救了。」段延慶臉上肌肉僵硬，木無表情，腹中聲音說道：「你少林派是名門正宗，依你正道，卻又如何解法？」玄難嘆了口氣，道：「這棋局似正非正，似邪非邪，用正道是解不開的，但若純走偏鋒，卻也不行！」

段延慶左手鐵杖停在半空，微微發顫，始終點不下去，過了良久，說道：「前無去路，後有追兵，正也不是，邪也不是，那可難也！」他家傳武功本來是大理段氏正宗，但後來入了邪道，玄難這幾句話，觸動了他心境，竟如慕容公子一般，漸入魔道。

這個珍瓏變幻百端，因人而施，愛財者因貪失誤，易怒者由憤壞事。段譽之敗，在於愛心太重，不肯棄子；慕容復之失，由於執著權勢，勇於棄子，卻說甚麼也不肯失勢。段延慶生平第一恨事，乃殘廢之後，不得不拋開本門正宗武功，改習旁門左道的邪術，一到全神貫注之時，外魔入侵，竟爾心神盪漾，難以自制。

丁春秋笑咪咪的道：「是啊！一個人由正入邪易，改邪歸正難，你這一生啊，注定是毀了，毀了！唉，可惜，一失足成千古恨，再想回頭，也是不能的了！」話中充滿了惋惜之意。玄難等高手都知這星宿老怪不懷好意，乘火打劫，要引得段延慶走火入魔，除去一個厲害對頭。

果然段延慶呆呆不動，淒然道：「我以大理國皇子之尊，今日落魄江湖，淪落到這步田地，實在愧對列祖列宗。」

丁春秋道：「你死在九泉之下，也必無顏去見段氏祖先，倘若自知羞愧，不如圖個自盡，也算是英雄好漢的行逕。唉，唉！不如自盡了罷，不如自盡了罷！」話聲柔和動聽，一旁功力較淺之人，已自聽得迷迷糊糊、昏昏欲睡。

段延慶跟著自言自語：「唉，不如自盡了罷！」提起鐵杖，慢慢向自己胸口點落。但他畢竟修爲深湛，隱隱知道不對，內心深處似有個聲音在說：「不對，不對，這一點下去，可就糟糕了！」但左手鐵杖仍一寸又一寸的向自己胸口點去。他當年失國流亡、身受重傷之餘，也曾生過自盡的念頭，只因一個特異機緣，方得重行振作，此刻深悔入邪，自怨自責，自制之力減弱，隱伏在心底的自盡念頭又冒了上來。

周圍的諸大高手之中，玄難慈悲爲懷，有心出言驚醒，但這聲當頭棒喝，須得功力與段延慶相當，方起振聾發聵之效，否則非但無益，反生禍害，他重傷之餘，卻也束手無策。蘇星河格於師父當年立下的規矩，不能相救。慕容復知段延慶是邪派高手，他如走火而死，正好除去天下一害。鳩摩智幸災樂禍，笑吟吟的袖手旁觀。段譽和游坦之功力均甚深厚，卻全不明白段延慶此舉是何意思。王語嫣於各門各派的武學雖所知極多，但丁春秋以心力誘引的邪派功夫並非武學，她是一竅不通了。葉二娘對段延慶雖有積忿，畢竟是結義同伴，企欲相救，卻不知其法。鄧百川、康廣陵等功力全失，且也不願混入星宿老怪與「第一惡人」的比拚。

南海鱷神心下焦急，眼見段延慶的杖頭離他胸口已不過數寸，再延擱片刻，立時便點了自己死穴，當下順手抓起虛竹，叫道：「老大，接住了這和尚！」說著便向段延慶擲去。丁春秋拍出一掌，道：「去罷，別來攪局！」南海鱷神這一擲之力極爲雄渾，虛竹身帶勁風，向前疾飛，但給丁春秋軟軟的一掌拍著，虛竹的身子又飛了回去，撞向南海鱷神。

南海鱷神雙手接住，想再向段延慶擲去，不料丁春秋的掌力中蘊蓄著三股後勁，南海鱷神突然雙目圓睜，騰騰騰退出三步，正待立定，第二股後勁又到。他雙膝一軟，坐倒在地，只道再也沒事了，那知還有第三股後勁襲來。他身不由主的倒翻了一個觔斗，雙手兀自抓著虛竹，將他在身下一壓，又翻了過來。他料想丁老怪這一掌更有第四股後勁，忙將虛竹的身子往前推出，以便擋架。

但第四股後勁卻沒有了，南海鱷神睜眼罵道：「你奶奶個雄！」放落了虛竹。

丁春秋發了這一掌，心力稍弛，段延慶的鐵杖停在半空，不再移動。丁春秋道：「來不及了，來不及了，段延慶，我勸你還是自盡了罷，還是自盡了罷！」段延慶嘆道：「是啊，活在世上，還有甚麼意思？還是自盡了罷！」說話之間，杖頭離著胸口衣衫又近了兩寸。

虛竹慈悲之心大動，心知要解段延慶的魔障，須從棋局入手，但自己棋藝低淺，要解開這局複雜無比的棋中難題，當眞想也不敢想，眼見段延慶雙目呆呆的凝視棋局，危機生於頃刻，突然間靈機一動：「我解不開棋局，但搗亂一番，卻是容易，只須他心神一分，便有救了。既無棋局，何來勝敗？」便道：「我來解這棋局。」快步上前，從棋盒中取過一枚白子，閉了眼睛，隨手放上棋局。

他雙眼還沒睜開，只聽得蘇星河怒聲斥道：「胡鬧，胡鬧，你自塡一氣，共活變成不活，自己殺死一塊白棋，那有這等下棋的？」虛竹睜眼看時，不禁滿臉通紅。

原來自己閉著眼睛瞎放一子，竟放在一塊已給黑棋圍得密不通風的白棋之中。這一塊黑棋、白棋互相圍住，雙方無眼，賸有兩個公氣，黑棋如想收氣，塡去一氣，白棋一子便可將黑棋吃光；白棋如想收氣，塡去一氣，黑棋一子便將白棋吃光，圍棋中稱爲「共活」，又稱「雙活」，所謂「此亦不敢先，彼亦不敢先」，雙方都只能住手不下。虛竹在一塊共活的大棋中下了一子，自己收氣，那是將自己大片活棋奉上給對方吃去，對方若不吃白棋，便會給白棋吃了，因此黑棋非吃不可。棋道之中，從無這等自殺行逕。這塊白棋一死，白方眼看是全軍覆沒了。

鳩摩智、慕容復、段譽等人見了，都不禁哈哈大笑。玄難搖頭莞爾。范百齡雖在衰疲之餘，也忍不住道：「這不是開玩笑嗎？」

蘇星河道：「先師遺命，此局不論何人，均可入局。小師父這一著雖異想天開，總也是入局的一著。」此時更無別法，下了一枚黑子，將虛竹自己擠死了的一大片白棋從棋盤上提取下來。

段延慶大叫一聲，從幻境中醒覺，眼望丁春秋，心道：「星宿老怪，你乘人之危，暗施毒手，咱們可不能善罷干休。」

丁春秋向虛竹瞧了一眼，目中滿含怨毒之意，罵道：「小賊禿！」

段延慶看了棋局變化，已知適才死裏逃生，乃出於虛竹的救援，好生感激，情知丁春秋挾嫌報復，立時便要向虛竹下手，尋思：「少林高僧玄難在此，諒星宿老怪也不能難爲他的徒子徒孫，但若玄難老朽昏庸，迴護不周，我自不能讓小和尙爲我而死。」

蘇星河向虛竹道：「小師父，你殺了自己一塊棋子，黑棋再逼緊一步，你如何應法？」虛竹陪笑道：「小僧棋藝低劣，胡亂下子，志在救人。這盤棋小僧是不會下的，請老前輩原諒。」

蘇星河臉色一沉，厲聲道：「先師布下此局，恭請天下高手破解。倘若破解不得，倒也無妨，若有後殃，也屬咎由自取。但如有人前來搗亂棋局，瀆褻了先師畢生的心血，縱然人多勢衆，嘿嘿，老夫雖又聾又啞，卻也要誓死周旋。」他叫做「聾啞老人」，其實既不聾，又不啞，此刻早已張耳聽聲，開口說話，竟仍自稱「又聾又啞」，只是他說話時鬚髯戟張，神情兇猛，誰也不敢笑話於他。

虛竹合什深深行禮，說道：「老前輩……」

蘇星河大聲道：「下棋便下棋，多說更有何用？我師父是給你胡亂消遣的麼？」說著右手出掌，砰的一聲巨響，塵土飛揚，虛竹身前立時現出一個大坑。這一掌力道猛惡無比，若再推前尺許，虛竹早已筋折骨斷，死於非命了。

虛竹嚇得心中怦怦亂跳，舉眼向玄難瞧去，盼望師伯祖出頭，救他脫此困境。玄難棋藝不高，武功又已全失，更有甚麼法子好想？當此情勢，只有硬起頭皮，正要向蘇星河求情，忽見虛竹伸手入盒，取過一枚白子，放上棋盤。所下之處，卻是提去白子後現出的空位。

這一步棋，竟大有道理。這三十年來，蘇星河於這局棋的千百種變化，均已拆解爛熟，對方不論如何下子，都不能逾越他已拆解過的範圍。但虛竹一上來便閉了眼亂下一子，以致自己殺了一大塊本來「共活」的白子，任何稍懂弈理之人，都決不會去下這一著。那等如是提劍自刎、橫刀自殺。豈知他把自己一大塊白棋送給對方吃去之後，局面頓呈開朗，黑棋雖大佔優勢，白棋卻已有迴旋餘地，不再像以前這般縛手縛腳，顧此失彼。這個新局面，蘇星河做夢也沒想到過，他一怔之下，思索良久，方應了一著黑棋。

原來適才虛竹正自徬徨失措，忽然一個細細的聲音鑽入耳中：「下『平』位三九路！」虛竹也不理會此言是何人指教，更不想此著是對是錯，拿起白子，依言便下在「平」位三九路上。待蘇星河應了黑棋後，那聲音又鑽入虛竹耳中：「『平』位二八路。」

虛竹再將一枚白棋下在「平」位二八路上。

他此子一落，只聽得鳩摩智、慕容復、段譽等人都「咦」的一聲叫了出來。虛竹抬起頭來，見許多人臉上均有欽佩訝異之色，顯然自己這一著大是精妙，又見蘇星河臉上神色既歡喜讚嘆，又焦躁憂慮，兩條長長的眉毛不住上下掀動。

虛竹心下起疑：「他爲甚麼忽然高興？難道我這一著下錯了麼？」但隨即轉念：「管他下對下錯，只要我和他應對到十著以上，顯得我下棋也有分寸，不是胡亂攪局，侮辱他先師，他就不會見怪了。」待蘇星河應了黑子後，依著暗中相助之人的指示，又下一著白子。他一面下棋，一面留神察看，是否師伯祖在暗加指示，但見玄難神情焦急，卻是不像，何況他始終沒開口。

鑽入他耳中的聲音，顯然是「傳音入密」的上乘內功，說話者以深厚內力，將說話送入他一人耳中，旁人即使靠在他身邊，亦無法聽聞。但不管話聲如何輕，話總是要說的。虛竹偷眼察看各人口唇，竟沒一個在動，可是那「下『去』位五六路，食黑棋三子！」的聲音，卻清清楚楚的傳入了他耳中。虛竹依言而下，尋思：「教我的除師伯祖外，再沒第二人。其餘那些人和我非親非故，如何肯來教我？這些高手之中，也只有師伯祖沒下過棋，其餘的都試過而失敗了。師伯祖神功非凡，居然能不動口唇而傳音入密，我不知幾時才能修得到這個地步。」

他那知教他下棋的，卻是那個天下第一大惡人段延慶。適才段延慶沉迷棋局之際，給丁春秋趁火打劫，險些走火入魔，自殺身亡，幸得虛竹搗亂棋局，才救了他一命。他見蘇星河對虛竹厲聲相責，大有殺害之意，當即出言指點，意在爲虛竹解圍，令他能敷衍數著而退。他善於腹語之術，說話可不動口唇，再以深厚內功傳音入密，身旁雖有好幾位一等一的高手，竟然誰也沒瞧出其中機關。

豈知數著一下之後，局面竟起了極大變化，段延慶才知這「珍瓏」的祕奧，正是要白棋先擠死自己一大塊共活之棋，以後的妙著方能源源而生。棋中固有「反撲」、「倒脫靴」之法，自己故意送死，讓對方吃去數子，然後取得勝勢，但送死者最多也不過八九子，決無一口氣奉送數十子之理，這等「不要共活」而「擠死自己」的著法，實乃圍棋中千古未有之奇變，任你是如何超妙入神的高手，也決不會想到這一條路上去。任何人所想的，總是如何脫困求生，從來沒人故意往死路上去想。若不是虛竹閉上眼睛、隨手瞎擺而下出這著大笨棋來，只怕再過一千年，這個「珍瓏」也沒人能解得開。

段延慶的棋術本極高明，當日在大理與黃眉僧對弈，逼得黃眉僧幾難招架，這時棋局中吃掉一大塊白棋後再下，天地一寬，既不必顧念這大塊白棋的死活，更不再有自己白棋處處掣肘，反而騰挪自如，不如以前這般進退維谷了。

鳩摩智、慕容復等不知段延慶在暗中指點，但見虛竹妙著紛呈，接連吃了兩小塊黑子，忍不住喝采。

玄難喃喃自語：「這局棋本來糾纏於得失勝敗之中，以致無可破解，虛竹這一著不著意於生死，更不著意於勝敗，反而勘破了生死，得到解脫……」他隱隱似有所悟，自知一生耽於武學，於禪定功夫大有欠缺，忽想：「聾啞先生與函谷八友專騖雜學，以致武功不如丁春秋，我先前還笑他們走入了歧路。可是我畢生專練武功，不勤參禪，不急了生死，豈不是更加走上了歧路？」想到此節，霎時之間全身大汗淋漓。

段譽初時還關注棋局，到得後來，一雙眼睛又只放在王語嫣身上，他越看越神傷，但見王語嫣的眼光，始終沒須臾離開過慕容復。段譽心中只說：「我走了罷，我走了罷！再耽下去，只有多歷苦楚，說不定當場便要吐血。」但要他自行離開王語嫣，卻又如何能夠？尋思：「等王姑娘回過頭來，我便說：『王姑娘，恭喜你已和表哥相會，我今日得多見你一面，實是有緣。我這要走了！』她如說：『好，你走罷！』那我只好走了。但她如說：『別忙，我還有話跟妳說。』那麼我便等著，瞧她有甚麼話吩咐。」其實，段譽明知王語嫣不會回頭來瞧他一眼，更不會說「別忙，我還有話跟你說。」突然之間，王語嫣後腦的柔髮微微一動。段譽一顆心怦怦而跳：「她回過頭來了！」卻聽得她輕輕嘆了口氣，低聲叫道：「表哥！」

慕容復凝視棋局，見白棋已佔上風，正自著著進逼，心想：「這幾步棋我也想得出。

萬事起頭難，那第一著怪棋，我卻無論如何想不出。」王語嫣低聲叫喚，他竟沒聽見。

王語嫣又輕輕嘆息，慢慢轉過頭來。段譽心中大跳：「她轉過頭來了！」

王語嫣一張俏麗的臉龐果然轉了過來。段譽看到她臉上帶著一絲淡淡的憂鬱，眼神中更有幽怨之色，尋思：「自從她與慕容復公子並肩而來，神色間始終歡喜無限，怎地忽然不高興起來？難道……難道為了心中對我也有一點兒牽掛嗎？」只見她眼光更向右轉，和他的眼光相接，段譽向前踏了一步，想說：「王姑娘，你有甚麼話說？」但王語嫣的眼光緩緩移了開去，向著遠處凝望了一會，又轉向慕容復。

段譽一顆心更向下低沉，說不盡的苦澀：「她不是不瞧我，可比不瞧我更差上百倍。她眼光對住了我，然而是視而不見。她眼中見到了我，我的模樣卻沒進入她心中。她只在凝思她表哥的事，那裏有半分將我段譽放在心上。唉，不如走了罷，不如走了罷！」

那邊虛竹聽從段延慶的指點落子，眼見黑棋不論如何應法，都要給白棋吃去一塊，但如黑棋放開一條生路，那麼白棋就此衝出重圍，那時別有天地，再也奈何它不得了。

蘇星河凝思半晌，笑吟吟的應了一著黑棋。段延慶傳音道：「下『上』位七八路！」虛竹依言下子，他對弈道雖所知甚少，但也知此著一下，白棋大勝，便解破了這個珍瓏棋局，拍手笑道：「好像成了罷？」

蘇星河滿臉笑容，拱手道：「小神僧天賦英才，可喜可賀。」虛竹忙還禮道：「不敢，不敢，這個不是我……」他正要說出這是受了師伯祖的指點，那「傳音入密」聲音道：「此中秘密，千萬不可揭穿。險境未脫，更須加倍小心在意。」虛竹只道是玄難再加指示，便垂首道：「是，是！」

蘇星河站起身來，說道：「先師布下此局，數十年來無人能解，小神僧解開這個珍瓏，在下感激不盡。」虛竹不明其中緣由，只得謙虛道：「我這是誤打誤撞，全憑長輩見愛，老先生過獎，愧不敢當。」

蘇星河走到那三間木屋之前，伸手肅客，道：「小神僧，請進！」

虛竹見這三間木屋建構得好生奇怪，竟沒門戶，不知如何進去，更不知進去作甚，一時呆在當地，沒了主意。只聽得那聲音又道：「棋局上衝開一條出路，乃硬戰苦鬥而致。木屋無門，你也用少林派武功硬劈好了。」虛竹道：「如此得罪了！」擺個馬步，右手提起，發掌向板門上劈了過去。

他武功有限，當日給丁春秋大袖一拂，便即倒地，爲星宿派門人按住擒獲，幸而如此，內力得保不失。然在場上這許多高手眼中，他這一掌之力畢竟不值一哂，幸好那門板並不堅牢，喀喇一聲，門板裂開一縫。虛竹又劈兩掌，才將門板劈開，但手掌已隱隱生疼。

南海鱷神哈哈大笑，說道：「少林派的硬功，實在稀鬆平常！」虛竹回頭道：「小僧是少林派中最不成器的徒兒，功夫淺薄，但不是少林派武功不成。」只聽那聲音道：「快快進去，不可回頭，別理會旁人！」虛竹道：「是！」舉步便踏了進去。

只聽得丁春秋的聲音叫道：「這是本門的門戶，你這小和尚豈可擅入？」跟著砰砰兩聲巨響，虛竹只覺一股勁風倒捲上來，要將他身子拉將出去，可是跟著兩股大力在他背心和臀部猛力一撞，身不由主，一個觔斗向裏直翻進去。

他不知這一下已是死裏逃生，適才丁春秋發掌暗襲，要制他死命，鳩摩智則運起「控鶴功」，要拉他出來。但段延慶以杖上暗勁消去了丁春秋的一掌，蘇星河處身在他和鳩摩智之間，以左掌消解了「控鶴功」，右掌連拍兩下，將他打了進去。

這兩掌力道剛猛，虛竹撞破一重板壁後，額頭砰的一下，又撞在一重板壁之上，只撞得昏天黑地，險些暈去，過了半晌，這才站起，摸摸額角，已腫起了一大塊。但見自己處身在一間空空蕩蕩、一無所有的房中。他想找尋門戶，這房竟無門無窗，只有自己撞破板壁而跌進來的一個空洞。他呆了呆，便想從那破洞中爬出去。

只聽得隔著板壁一個蒼老低沉的聲音傳了過來：「既然來了，怎麼還要出去？」

虛竹轉過身子，說道：「請老前輩指點途徑。」

那聲音道：「途徑是你自己打出來的，誰也不能教你。我這棋局布下後，數十年來沒人能解，今日終於給你拆開，你還不過來！」

虛竹聽到「我這棋局」四字，不由得毛骨悚然，顫聲道：「你……你……你……」他聽得蘇星河口口聲聲說這棋局是他「先師」所製，這聲音是人是鬼？只聽那聲音又道：「時機稍縱即逝，我等了三十年，沒多少時候能再等你了，乖孩兒，快進來罷！」

虛竹聽那聲音甚是和藹慈祥，顯然全無惡意，當下更不多想，左肩在那板壁上一撞，喀喇喇一聲響，那板壁已日久腐朽，當即破了一洞。

虛竹一眼望進去，不由得大吃一驚，只見裏面又是一間空空蕩蕩的房間，卻有一個人坐在半空。他第一個念頭便是：「有鬼！」嚇得只想轉身而逃，卻聽得那人說道：「唉，原來是個小和尚！唉，還是個好生醜陋的小和尚，難，難，難！唉，難，難，難！」

虛竹聽他三聲長嘆，連說了六個「難」字，再向他凝神瞧去，這才看清，原來這人身上有一條黑色繩子縛著，那繩子另一端連在橫樑之上，將他身子懸空吊起。只因他身後板壁顏色漆黑，繩子也是黑色，二黑相疊，繩子便看不出來，一眼瞧去，宛然是凌空而坐。

虛竹的相貌本來頗爲醜陋，濃眉大眼，鼻孔上翻，雙耳招風，嘴唇甚厚，加上此刻撞破板壁時臉上又受了些傷，更加難看。他自幼父母雙亡，少林寺中的和尚心生慈悲，將他收養在寺，寺中僧衆不是虔誠清修，便是專心學武，誰也沒來留神他的相貌是俊是醜。佛家言道，人身乃「臭皮囊」，對這臭皮囊長得好不好看，倘多加關懷，於證道大有妨礙。因此那人說他是個「好生醜陋的小和尚」，虛竹生平還是第一次聽見。

他微微抬頭，向那人瞧去。只見他黑鬚三尺，沒一根斑白，臉如冠玉，更沒半絲皺紋，年紀顯已不小，卻仍神采飛揚，風度閒雅。虛竹微感慚愧：「說到相貌，我和你自然天差地遠。」這時心中已無懼意，躬身行禮，說道：「小僧虛竹，拜見前輩高人。」

那人點了點頭，道：「你姓甚麼？」虛竹一怔，道：「出家之人，早無俗家姓氏。」那人道：「你出家之前姓甚麼？」虛竹道：「小僧自幼出家，向來便無姓氏。」

那人向他端相半晌，嘆了口氣，道：「你能解破我的棋局，聰明才智，自是非同小可，但相貌如此，卻終究不行，唉，難得很。我瞧終究白費心思，反而枉送了你性命。小師父，我送一份禮物給你，你便去罷！」

虛竹聽那老人語氣，顯是有一件重大難事，深以無人相助爲憂，大乘佛法第一講究「度衆生一切苦厄」，當即說道：「小僧於棋藝一道，實在淺薄得緊，老前輩這棋局，也不是小僧自己拆解的。但若老前輩有甚難事要辦，小僧雖本領低微，卻也願勉力而爲，縱使干冒大險，亦不敢辭，至於禮物，可不敢受賜。」

那老人道：「你有這番俠義心腸，倒是不錯。你棋藝不高，武功淺薄，都不相干，你既能來到這裏，便是有緣。只不過……你相貌太也難看。」說著不住搖頭。

虛竹微微一笑，說道：「相貌美醜，乃無始以來業報所聚，不但自己做不得主，連父母也作不得主。小僧貌醜，令前輩不快，這就告辭了。」說著退了兩步。

虛竹正待轉身，那老人道：「且慢！」衣袖揚起，搭在虛竹右肩之上。虛竹身子略略向下一沉，只覺這衣袖有如手臂，挽住了他身子。那老人問道：「今日來解棋局的，有那些人？」虛竹一一說了。那老人沉吟半晌，道：「天下高手，十之六七都已到了。大理天龍寺的枯榮大師沒來麼？」虛竹答道：「除了敝寺僧衆之外，出家人就只一位鳩摩智大師。」那老人又問：「近年來武林中聽說有個人名叫喬峯，甚是了得，他沒來嗎？」虛竹道：「沒有。」

那老人嘆了口氣，自言自語的道：「我已等了這麼多年，再等下去，也未必能遇到內外俱美的全材。天下不如意事十常七八，也只好將就如此了。」沉吟片刻，似乎心意已決，說道：「你適才言道，這棋局不是你拆解的，那麼星河如何又送你進來？」

虛竹道：「第一著是小僧大膽無知，閉了眼睛瞎下的，以後各著，卻是敝師伯祖法諱上玄下難，以『傳音入密』之法暗中指點。」當下將拆解棋局的經過情形說了一遍。

那老人嘆道：「天意如此，天意如此！」突然間愁眉開展，笑道：「既然天意如此，你閉了眼睛，竟誤打誤撞的將我這棋局解開，足見福緣深厚，或能辦我大事，亦未可知。好，好，乖孩子，你跪下磕頭罷！」

虛竹自幼在少林寺中長大，每日裏見到的不是師父、師伯叔，便是師伯祖、師叔祖等等長輩，即在同輩之中，年紀比他大、武功比他強的師兄也不計其數，向來是聽話慣了的。佛門弟子，講究謙下，他聽那老人叫他磕頭，雖不明白其中道理，但想這人是武林前輩，向他磕幾個頭乃理所當然，於是恭恭敬敬的跪下，咚咚咚咚的磕了四個頭，待要站起，那人笑道：「再磕五個，這是本門規矩。」虛竹應道：「是！」又磕了五個頭。那老人道：「好孩子，好孩子！你過來！」虛竹站起身來，走到他身前。

那老人抓住他手腕，向他上上下下仔細打量。突然虛竹只覺脈門上一熱，一股內力自手臂上升，迅速無比的衝向他心口，不由自主的便以少林心法相抗。那老人的內力一觸即退，登時安然無事。虛竹知他是試探自己內力深淺，不由得面紅過耳，苦笑道：「小僧平時多讀佛經，小時又性喜嬉戲，沒好好修練師父所授的內功，可教前輩見笑了。」

不料那老人反十分歡喜，笑道：「很好，很好，你於少林派的內功所習甚淺，省了我好些麻煩。」他說話之間，虛竹只覺全身內力不由自主的傾瀉而出，大驚之下，出力凝縮，但說甚麼也阻止不住，過了一會，但覺全身暖洋洋地，便如泡在一大缸溫水之中一般，周身毛孔之中，似乎都有熱氣冒出，說不出的舒暢。

那老人放開他手腕，笑道：「行啦，我已用本門『北冥神功』，將你的少林內力都化去啦！」虛竹大吃一驚，叫道：「甚……甚麼？」跳了起來，雙腳落地時膝蓋中突然一軟，一屁股坐在地下，只覺四肢百骸盡皆酸軟，腦中昏昏沉沉，望出來猶如天旋地轉一般，情知這老人所說不假，霎時間悲從中來，眼淚奪眶而出，哭道：「我……我……和你無怨無仇，又沒得罪你，爲甚麼要這般害我？」

那人微笑道：「你怎地說話如此無禮？不稱『師父』，卻『你呀，我呀』的，沒半點規矩？」虛竹驚道：「甚麼？你怎麼會是我師父？」那人道：「你剛才磕了我九個頭，那便是拜師之禮了。」虛竹道：「不，不！我是少林子弟，怎能再拜你爲師？你這些害人的邪術，我也決計不學。」說著掙扎站起。

那人笑道：「你當眞不學？」雙手一揮，兩袖飛出，搭上虛竹肩頭。虛竹只覺肩上沉重無比，再也沒法站直，雙膝一軟，便即坐倒，不住的道：「你便打死我，我也不學。」

那人哈哈一笑，突然身形拔起，在半空中一個觔斗，平平穩穩的坐落在地，同時雙手抓住了虛竹左右兩手的腕上穴道。虛竹驚道：「你……你幹甚麼？」只覺兩股火熱的熱氣，猶似滾水一般從雙手手腕的「會宗穴」中疾衝進來，不禁大叫一聲：「啊喲！」全力撐拒，但兩道熱氣便如長江大河滾滾而來，莫可抗禦，自臂至胸，都衝入了胸口的「膻中穴」。

虛竹驚惶已極，雙手急甩，想將那人抓住自己雙手手腕的十指甩脫，但一甩之下，便覺自己手臂上軟綿綿的沒半點力道，心中大急：「中了他的邪法之後，別說武功全失，看來連穿衣吃飯也沒半分力氣了，從此成了個全身癱瘓的廢人，那便如何是好？」驚怖失措，縱聲大呼，突覺「膻中穴」中那股積儲的熱氣化成千百條細細的一縷縷熱氣，散入全身各處穴道，嘴裏再也叫不出聲，心道：「不好，我命休矣！」只覺四肢百骸愈來愈熱，霎時間頭昏腦脹，胸口、小腹和腦殼都如要炸將開來一般，過不片時，再也忍耐不住，昏暈了過去。

只覺得全身輕飄飄地，便如騰雲駕霧，上天遨遊；忽然間身上冰涼，似乎潛入了碧海深處，與羣魚嬉戲；一時在寺中讀經；一時又在苦練武功，但練來練去始終不成。正焦急間，忽覺天下大雨，點點滴滴的落在身上，雨點卻是熱的。

這時頭腦卻也漸漸清醒了，虛竹睜開眼來，察覺自己橫臥於地，那老者已放脫自己雙手，斜坐在自己身旁，他滿身滿臉大汗淋漓，不住滴向自己身上，而面頰、頭頸、髮根各處，仍有汗水源源滲出。

虛竹一骨碌坐起，道：「你……」只說了一個「你」字，不由得猛吃一驚，見那老者已然變了一人，本來潔白俊美的臉上，竟布滿了一條條縱橫交叉的深深皺紋，滿頭濃密頭髮脫落了大半，盡成灰白，一叢光亮烏黑的長髯，也都變成了白鬚。虛竹第一個念頭是：「我昏暈了多少年？三十年嗎？五十年嗎？怎麼這人突然間老了數十年？」眼前這老者龍鍾不堪，看來沒一百二十歲，總也有一百歲。

那老人瞇著雙眼，有氣沒力的一笑，說道：「大功告成了！乖孩兒，你福澤深厚，遠過我的期望，你向這板壁空拍一掌試試！」虛竹不明所以，依言虛擊一掌，只聽得喀喇喇一聲響，好好一堵板壁登時垮了半邊，比他出全力撞上十下，塌得還要厲害。虛竹驚得呆了，道：「那……那是甚麼緣故？」

那老人滿臉笑容，十分歡喜，也道：「那……那是甚麼緣故？」虛竹道：「我怎麼……怎麼忽然有了這樣大的力道？」那老者微笑道：「你沒學過本門掌法，這時所能使出來的內力，一成也還不到。你師父七十餘年的勤修苦練，豈同尋常？」

虛竹挺身而起，內心已知大事不妙，叫道：「你……你……甚麼七十餘年勤修苦練？」那老人微笑道：「難道你此刻還不明白？眞的還沒想到嗎？」

虛竹心中隱隱已感到了那老人此舉的眞義，但這件事委實太過突兀，太也不可思議，實令人難以相信，囁囁嚅嚅的道：「老前輩是傳了一門神功……一門神功給了小僧麼？」那老人微笑道：「你還不肯稱我師父？」虛竹低頭道：「小僧是少林派的弟子，不能欺祖滅宗，改入別派。」那老人道：「你身上已沒半分少林派的功夫，還說是甚麼少林弟子？你體內蓄積有『逍遙派』七十餘年的神功，怎麼還不是本派弟子？」虛竹從來沒聽過「逍遙派」的名字，神不守舍的道：「逍遙派？」那老人微笑道：「乘天地之正，御六氣之辯，以遊於無窮，是爲逍遙。你向上跳一下試試！」

虛竹好奇心起，雙膝略彎，腳上用力，向上輕輕一跳。突然砰的一聲，頭頂一陣劇痛，眼前一亮，半個身子已穿破了屋頂，還在不住上昇，忙伸手抓住屋頂，落下地來，接連跳了幾下，方始站住，如此輕功，委實匪夷所思，一時間並不歡喜，反甚感害怕。

那老人道：「怎麼樣？」虛竹道：「我……我是入了魔道麼？」那老人道：「你安安靜靜坐著，聽我述說原因。時刻已經不多，只能擇要而言。你既不肯稱我為師，不願改宗，我也不來勉強於你。小師父，我求你幫個大忙，為我做一件事，你能答允麼？」

虛竹素來樂於助人，佛家修六度，首重布施，世人有難，自當盡力相助，便道：「前輩有命，自當竭力以赴。」這兩句話一出口，忽地想到此人的功夫似是左道妖邪一流，當即又道：「但如前輩命小僧為非作歹，為害良善，那可不便從命了。」

那老人臉現苦笑，問道：「甚麼叫做『為非作歹』？」虛竹一怔，道：「小僧是佛門弟子，損人害人之事，是決計不做的。」那老人道：「倘若世間有人，專做損人害人之事，兇殘毒辣，殺人無算，我命你去除滅了他，你答不答允？」虛竹道：「小僧要苦口婆心，勸他改過遷善。」那老人道：「倘若他執迷不悟呢？」虛竹挺直身子，說道：「伏魔除害，原是我輩當為之事。不過小僧能為淺薄，恐怕不能當此重任。」

那老人道：「那麼你答允了？」虛竹點頭道：「我答允了！」那老人神情歡悅，道：「很好，很好！我要你去除掉一個人，一個大大的惡人，那便是我的弟子丁春秋，今日武林中稱爲星宿老怪便是。丁春秋爲禍世間，皆因我傳了他武功之故，此人不除，我的罪業不消。」

虛竹吁了口氣，如釋重負，他親眼見到星宿老怪只一句話便殺了十名車夫，當眞罪大惡極，師伯祖玄難大師又給他以邪術化去全身內力，便道：「除卻星宿老怪，乃是莫大功德，但小僧這點點功夫，如何能夠……」說到這裏，和那老人四目相對，見到他目光中嘲弄的神色，登時想起，「這點點功夫」五字似乎已經不對，當即住口。

那老人道：「此刻你身上這點點功力，早已不在星宿老怪之下，更且在他之上，只是無人指點，不能善於運用，要除滅他確實還不夠，但你不用躭心，老夫自有安排。」

虛竹道：「小僧曾聽薛慕華施主說過星宿海丁……丁施主的惡行，只道老前輩已給他害死了，原來老前輩尙在人世，那……那可好得很，好得很。」

那老人嘆了口氣，說道：「當年這逆徒勾結了我師妹，突然發難，將我打入深谷之中，老夫事先不備，險些命喪彼手。幸得我師妹良心發現，阻止他更下毒手，而我大徒兒蘇星河裝聾作啞，以本派諸般秘傳功法相誘，老夫才得苟延殘喘，多活了三十年。星河的資質本來也是挺不錯的，只可惜他給我引上了岔道，分心旁騖，去學琴棋書畫等等玩物喪志之事，我的上乘武功他是說甚麼也學不到的了。這三十年來，我只盼覓得一個聰明而專心的徒兒，將我畢生武學都傳授於他，派他去誅滅丁春秋。可是機緣難逢，聰明的本性不好，保不定重蹈養虎貽患的覆轍；性格好的卻又悟性不足。眼看我天年將盡，再也等不了，這才將當年所擺下的這個珍瓏公布於世，以便尋覓才俊。我大限即到，已沒時候傳授武功，因此所收的這個關門弟子，必須是個聰明俊秀的少年。」

虛竹聽他又說到「聰明俊秀」，心想自己資質並不聰明，「俊秀」二字，更無論如何談不上，低頭道：「世間俊雅的人物，著實不少，外面便有兩個人，一是慕容公子，另一位是姓段的公子。小僧將他們請來會見前輩如何？」

那老人澀然一笑，說道：「我逆運『北冥神功』，已將七十餘年的修爲，盡數注入了你體中，那裏還能再傳授第二個人？『北冥神功』一經逆運，便似大水從大海中倒流，經從大江大河返回源頭一般。」

虛竹驚道：「前輩……前輩眞的將畢生修爲，都傳給了小僧？那……小僧……」

那老人道：「此事對你到底是禍是福，此刻尙所難言。武功高強也未必是福。世間不會半分武功之人，無憂無慮，少卻多少爭競，少卻多少煩惱？當年我倘若只學琴學棋，學書學畫，不窺武學門徑，這一生我就快活得多了。」說著嘆了口長氣，抬起頭來，從虛竹撞破的屋頂洞孔中望出去，似乎想起了不少往事，過了半晌，才道：「好孩子，丁春秋只道我早已命喪於他手下，是以行事肆無忌憚。這裏有一幅圖，上面繪的是我昔年大享淸福之處，那是在大理國無量山中，你尋到我所藏武學典籍的所在，依法修習，武功便能強過這丁春秋。但你資質似乎也不甚佳，修習本門武功，只怕多有窒滯，說不定還有不少凶險危難。那你就須求無量山石洞中那個女子指點。她見你相貌不佳，多半不肯教你，你求她瞧在我份上……咳，咳……」說到這裏，連連咳嗽，已上氣不接下氣，說著從懷中取出一個小小卷軸，塞在虛竹手中。

虛竹頗感爲難，說道：「小僧學藝未成，這次奉師命下山送信，即當回山覆命，今後行止，須承師命而行。倘若本寺方丈和業師不准，便沒法遵辦前輩的囑咐了。」

那老人苦笑道：「倘若天意如此，要任由惡人橫行，那也無法可想，你……你……」說了兩個「你」字，突然間全身發抖，慢慢俯下身來，雙手撐在地下，似乎便要虛脫。

虛竹吃了一驚，忙伸手扶住，道：「老……老前輩，你怎麼了？」那老人道：「我七十餘年的修練已盡數傳付於你，今日天年已盡，孩子，你終究不肯叫我一聲『師父』麼？」說這幾句時，已上氣不接下氣。

虛竹見到他目光中祈求哀憐的神氣，心腸一軟，「師父」二字，脫口而出。

那老人大喜，用力從左手上脫下一枚寶石指環，要給虛竹套在手指上，只是他力氣耗竭，連虛竹的手腕也抓不住。虛竹又叫了聲：「師父！」將戒指套上了自己手指。

那老人道：「好……好孩子！你是我的第三個弟子，見到蘇星河，你……你就叫他大師哥。你姓甚麼？」虛竹道：「我眞的不知道。」那老人道：「可惜你相貌不好看，中間實有不少為難之處，然而你是逍遙派掌門人，照理這女子不該違抗你的命令，如果你是年輕俊俏的美少年，那就有九成的成功指望……」越說聲音越輕，說到「指望」兩字時，已聲若遊絲，幾不可聞，突然間哈哈哈幾聲大笑，身子向前一衝，砰的一聲，額頭撞在地下，就此不動了。

虛竹忙伸手扶起，一探他鼻息，已然氣絕，忙合什唸佛：「我佛釋迦牟尼，教導眾生，當無所住，而生其心。盼我佛慈悲，能以偌大願力，接引老先生往生西方極樂世界。」他和這老人相處不到一個時辰，原說不上有甚麼情誼，但體內受了他七十餘年修練的功力，隱隱之間，似乎這老人對自己比甚麼人都更為親近，也可以說，這老人的一部分已變作了自己，忍不住悲從中來，放聲大哭。

哭了一陣子，跪倒在地，向那老人的遺體拜了幾拜，默默禱祝：「老前輩，我叫你師父，那是不得已的，你可不要當眞。你神識不昧，可不要怪我。」禱祝已畢，轉身從板壁破洞中鑽了出去，只輕輕一躍，便竄過兩道板壁，到了屋外。

蘇星河大吃一驚，跳起身來，放聲大哭，跪在虛竹面前，磕頭如搗蒜。虛竹忙即跪下，和他對拜。

三二　且自逍遙沒誰管

虛竹出了木屋，不禁呆了，只見曠地上燒著一個大火柱，遍地都是橫七豎八倒伏的松樹。他進木屋似乎並無多時，但外面已鬧得天翻地覆，想來這些松樹都是在自己昏暈之時給人放倒的，因此在屋裏竟全沒聽到。

又見屋外諸人在火柱之旁分成兩列。聾啞老人蘇星河站於右首，玄難等少林僧、康廣陵、薛慕華等一干人站在他身後。星宿老怪站於左首，鐵頭人游坦之和星宿派羣弟子站在其後，雙方似爲對峙。慕容復、王語嫣、鄧百川等家臣、段譽、朱丹臣等大理護衛、鳩摩智、段延慶、葉二娘、南海鱷神等則疏疏落落的站於遠處，顯得兩不相助。

蘇星河和丁春秋二人正催運掌力，推動火柱向對方燒去。眼見火柱斜偏向右，顯然丁春秋已佔上風。

各人目不斜視的瞧著火柱，虛竹從屋中出來，誰也沒加留神。王語嫣關心的只是表哥慕容復，而段譽關心的只是王語嫣，這兩人所看的雖均非火柱，但也決計不會來看虛竹一眼。

虛竹遠遠從衆人身後繞到右首，站在師叔慧鏡之側，見火柱越來越向己方偏來，蘇星河神色緊張，雙掌不住猛推，連衣服中都鼓足了氣，直如吃飽了風的船帆一般。

丁春秋卻談笑自若，衣袖輕揮，似乎漫不經心。他門下弟子頌揚之聲早響成一片：「星宿老仙舉重若輕，神功蓋世，今日教你們大開眼界。」「我師父意在教訓旁人，這才慢慢催運神功，否則早已一舉將這姓蘇的老兒誅滅了。」「有誰不服，待會不妨來嘗嘗星宿老仙神功的滋味。」「你們倘若怕了，就算聯手而上，那也不妨！」「古往今來，無人能及星宿老仙！有誰膽敢螳臂擋車，不過自取滅亡而已！」

鳩摩智、慕容復、段延慶等均想：倘若我們幾人聯手而上，圍攻丁春秋，星宿老怪雖然厲害，也抵不住幾位高手的合力。但各人一來自重身分，不願聯手合攻一人；二來聾啞老人和星宿老怪同門自殘，旁人不必參與；三則相互間各有所忌，生怕旁人乘虛下手，是以星宿派羣弟子雖將師父捧上了天，鳩摩智等均只微微而笑，不加理會。

突然間火柱向前急吐，捲到了蘇星河身上，一陣焦臭過去，把他的長鬚燒得乾乾淨淨。蘇星河出力抗拒，才將火柱推開，但火燄離他身子已不過兩尺，不住伸縮顫動，便如一條大蟒張口吐舌，要再向他咬去一般。虛竹心下暗驚：「蘇施主只怕轉眼便要給丁施主燒死，那如何是好？」

猛聽得鏜鏜兩響，跟著咚咚兩聲，鑼鼓之聲敲起，原來星宿派弟子懷中藏了鑼鼓鐃鈸、嗩吶喇叭，這時取了出來吹吹打打，宣揚師父威風，更有人搖起青旗、黃旗、紅旗、紫旗，大聲吶喊。武林中兩人比拚內功，居然有人在旁以鑼鼓助威，實是開天闢地以來從所未有之奇。鳩摩智哈哈大笑，說道：「星宿老怪臉皮之厚，當眞是古往今來，無人能及！」

鑼鼓聲中，一名星宿弟子取出一張紙來，高聲誦讀，駢四驪六，乃一篇「恭頌星宿老仙揚威中原讚」。此人請了一個腐儒撰此歌功頌德之辭，但聽得高帽與馬屁齊飛，法螺共鑼鼓同響，有云：「老仙年壽雖高，但長春不老，千歲年少，綺年玉貌，翩翩少年。不知者以爲後輩初學，然觀其蓋世神功，方知己爲井底之蛙，不知仙姿之永保青春也！該尊之爲『少俠』，而不宜稱『老仙』也。」

別小看了這些無恥歌頌之聲，於星宿老怪的內力，竟也大有推波助瀾之功。鑼鼓和頌揚聲中，火柱更旺，又向前推進了半尺。

突然間腳步聲響，二十餘名漢子從屋後奔出來，擋在蘇星河身前，便是適才抬玄難等人上山的一干聾啞漢子，都是蘇星河的門人。丁春秋掌力催逼，火柱燒向這二十餘人身上，登時嗤嗤聲響，將一干人燒得皮焦肉爛。蘇星河想揮掌將他們推開，但隔得遠了，掌力不及。這二十餘人筆直的站著，全身著火，卻絕不稍動，只因口不能言，更顯悲壯。這一來，旁觀眾人都聳然動容，連王語嫣和段譽的目光也都轉了過來。

段譽叫道：「不得如此殘忍！」右手伸出，要以「六脈神劍」向丁春秋刺去，可是他運劍不得其法，全身充沛的內力只在體內轉來轉去，卻不能從手指中射出。他滿頭大汗，叫道：「慕容公子，你快出手制止。」

慕容復道：「段兄方家在此，小弟何敢班門弄斧？段兄的六脈神劍，再試一招罷！」

段延慶來得晚了，沒見到段譽指發六脈神劍，聽了慕容復這話，不禁心頭大震，斜睨段譽，要看他是否眞的會此神功，但見他右手手指點點劃劃，出手大有道理，但內力卻半點也無，心道：「甚麼六脈神劍，倒嚇了我一跳。原來這小子虛張聲勢，招搖撞騙。雖然故老相傳，我段家有六脈神劍奇功，可那裏有人練成過？」

慕容復見段譽並不出手，只道他有意如此，當下站在一旁，靜觀其變。

又過得一陣，二十餘個聾啞漢子在火柱燒炙下已死了大半，其餘小半也已重傷，紛紛摔倒，成了黑炭相似。鑼鼓聲中，丁春秋袍袖揮動，火柱又向蘇星河撲來。

薛慕華叫道：「休得傷我師父！」縱身要擋到火柱之前。蘇星河揮掌將他推開，說道：「徒死無益！」左手凝聚殘餘內力，向火柱擊去。這時他內力幾將耗竭，這一掌只將火柱暫且一阻，只覺全身熾熱，滿眼望出去通紅一片，盡是火燄。他體內眞氣即將油盡燈枯，料想丁春秋殺了自己後必定闖關直入，師父裝死三十年，終究難脫毒手。他身上受火柱煎迫，內心更爲難過。

虛竹見蘇星河處境危殆萬分，但一直挺立當地，不肯後退半步，便即搶上前去，搭住他後心，想將他推在一旁，叫道：「徒死無益，快讓開罷！」便在此時，蘇星河正揮掌向外推出。他這一掌的力道已衰微之極，原不想有何功效，只是死戰到底，不肯束手待斃而已，那知背心後突然間傳來一片渾厚無比的內力，且家數和他相同，這一掌推出，力道登時不知強了多少倍。只聽得呼的一聲響，火柱倒捲過去，直燒到丁春秋身上，餘勢未盡，連星宿羣弟子也都捲入火柱之中。

霎時間鑼鼓聲嗆咚嘡啷，嘈成一團，鐃鈸喇叭，隨地亂滾，「星宿派威震中原，我恩師當世無敵」的頌聲之中，夾雜著「哎唷，我的媽啊！」「乖乖不得了，星宿派逃命要緊！」「星宿派能屈能伸，下次再來揚威中原罷」的呼叫聲。

丁春秋大吃一驚，其實虛竹的內力加上蘇星河的掌風，也未必便勝過了他，只是他已操必勝，正自心曠神怡，洋洋自得，於全無提防之際，突然間遭到反擊，不禁倉皇失措。同時他察覺到對方這一掌中所含內力圓熟老辣，遠在師兄蘇星河之上，而顯然又是本派功夫，莫非給自己害死了的師父突然顯靈？師父的鬼魂來找自己算帳？他一想到此處，心神慌亂，內力凝聚不起，火柱捲到了身上，竟無力推回，衣衫鬚髮盡皆著火。

羣弟子「星宿老仙大勢不妙」呼叫聲中，丁春秋惶急大叫：「鐵頭徒兒，快快出手！」游坦之當即揮掌向火柱推去。只聽得嗤嗤嗤聲響，火柱遇到他掌風中的奇寒之氣，霎時間火燄熄滅，連青煙也消失得極快，地下僅餘幾段燒成焦炭的大松木。

丁春秋鬚眉俱焦，衣服也燒得破破爛爛，狼狽之極，他害怕師父陰魂顯靈，不敢再在這裏逞兇，叫道：「走罷！」一晃身間，身子已在七八丈外。

星宿派弟子沒命的跟著逃走，鑼鼓喇叭，丟了一地，那篇「恭頌星宿老仙揚威中原讚」並沒讀完，卻已給大火燒去了一大截，隨風飛舞。只聽得遠處傳來「啊」的一聲慘叫，一名星宿派弟子飛在半空，摔將下來，就此不動。眾人面面相覷，料想星宿老怪大敗之餘，老羞成怒，不知那一個徒弟出言相慰，拍馬屁拍上了馬腳，給他發掌擊斃。

玄難、段延慶、鳩摩智等都以爲蘇星河施出苦肉計誘敵，讓丁春秋耗費功力來燒一羣聾啞漢子，然後石破天驚的施以一擊，令他招架不及，鎩羽而去。聾啞老人的智計武功，江湖上向來有名，適才他與星宿老怪開頭一場惡鬥，只打得徑尺粗細的大松樹一株株翻倒，人人看得心驚動魄，他最後施展神功，將星宿老怪逐走，誰都不以爲異。

玄難道：「蘇先生神功淵深，逐走老怪，料想他於這場惡鬥之後喪魄落魂，不敢再闖中原。先生造福武林，大非鮮淺。」

蘇星河瞥眼見到虛竹手指上戴著師父的寶石戒指，方明其中究竟，又悲又喜，眼見羣弟子死了十之八九，餘下的一二成也已重傷難愈，甚是哀痛，更記掛著師父安危，向玄難、慕容復等敷衍了幾句，便拉著虛竹的手，道：「小師父，請你跟我進來。」

虛竹眼望玄難，等他示下。玄難道：「蘇前輩是武林高人，有甚麼吩咐，你一概遵命便是。」虛竹應道：「是！」跟著蘇星河從破洞中走進木屋。蘇星河隨手移過一塊木板，擋住了破洞。

諸人在江湖上見多識廣，都知他此舉是不欲旁人進去窺探，自是誰也不會多管閒事。唯一並非「見多識廣」的，只一個段譽。但他這時早又已全神貫注於王語嫣身上，連蘇星河和虛竹進屋也不知道，那有餘暇去理會別事？

蘇星河與虛竹攜手進屋，穿過兩處板壁，只見那老人伏在地下，伸手一探，已然逝世。此事他早已料到八九成，但仍忍不住悲從中來，跪下磕頭，泣道：「師父，師父，你終於捨弟子而去了！」虛竹心想：「這老人果然是蘇老前輩的師父。」

蘇星河收淚站起，扶起師父屍身，倚在板壁上端端正正的坐好，跟著扶住虛竹，讓他也倚壁而坐，和那老人的屍體並肩。

虛竹心下嘀咕：「他叫我和老先生的屍體排排坐，卻作甚麼？難道……難道……要我陪他師父一塊兒死嗎？」身上不禁感到一陣涼意，要想站起，卻又不敢。

蘇星河一整身上燒爛了的衣衫，忽向虛竹跪倒，磕下頭去，說道：「逍遙派不肖弟子蘇星河，拜見本派新任掌門。」這一下只嚇得虛竹手足無措，心中只說：「這人可眞瘋了！這人可眞瘋了！」忙跪下磕頭還禮，說道：「老前輩行此大禮，可折殺小僧了。」

蘇星河正色道：「師弟，你是我師父的關門弟子，然而是本派掌門。我雖是師兄，卻也要向你磕頭！」虛竹道：「這個……這個……」才知蘇星河並非發瘋，但唯其不是發瘋，自己的處境更加尷尬，肚裏只連珠價叫苦。

蘇星河道：「師弟，我這條命是你救的，師父的心願是你完成的，受我磕這幾個頭，也是該的。師父叫你拜他為師，叫你磕九個頭，你磕了沒有？」虛竹道：「頭是磕過的，不過當時我不知道是拜師。我是少林派弟子，不能改入別派。」蘇星河道：「師父當然已想到了這一著，他老人家定是化去了你原來武功，再傳你本派功夫。師父已將畢生功力都傳了給你，是不是？」虛竹只得點頭道：「是。」蘇星河道：「本派掌門人標誌的這枚寶石指環，是師父從自己手上除下來，給你戴在手上的，是不是？」虛竹道：「是！不過……不過……不過我實在不知道這是甚麼掌門人的標誌。」

蘇星河盤膝坐地，說道：「師弟，你福澤深厚之極。我和丁春秋想這隻寶石指環，想了幾十年，始終不能到手，你卻在一個時辰之內，便受到師父垂青。」

虛竹忙除下指環遞過，說道：「前輩拿去便是，這隻指環，小僧半點用處也沒有。」

蘇星河不接，臉色一沉，道：「師弟，你受師父臨死時重託，豈能推卸責任？師父將指環交給你，是叫你去除滅丁春秋這廝，是不是？」

虛竹道：「正是！但小僧功行淺薄，怎能當此重任？」

蘇星河嘆了口氣，將寶石指環套回虛竹指上，說道：「師弟，這中間原委，你多有未知，我簡略跟你一說。本派叫做逍遙派，向來的規矩，掌門人不一定由大弟子出任，門下弟子之中誰的武功最強，便由誰做掌門。」

虛竹道：「是，是，不過小僧武功差勁之極。」

蘇星河不理他打岔，說道：「咱們師父共有同門三人，師父排行第二，但他武功強過咱們的師伯，因此便由他做掌門人。後來師父收了我和丁春秋兩個弟子，師父定下規矩，他所學甚雜，誰要做掌門，各種本事都要比試，不但比武功，還得比琴棋書畫。丁春秋於各種雜學一竅不通，又做了大大對不起師父之事，竟爾忽施暗算，將師父打下深谷，又將我打得重傷。」

虛竹在薛家莊的地窖中曾聽薛慕華說過一些其中情由，那料到這件事竟會套到自己頭上，心下只暗暗叫苦，順口道：「丁施主那時居然並不殺你。」

蘇星河道：「你別以爲他尚有一念之仁，留下了我性命。一來他一時攻不破我所布下的五行八卦、奇門遁甲的陣勢；二來我跟他說：『丁春秋，你暗算師父，武功又勝過我，但逍遙派最深奧的功夫，你仍摸不到個邊兒。「北冥神功」這部經卷，你要不要看？「凌波微步」的輕功，你要不要學？「天山六陽掌」呢？「天山折梅手」呢？「天長地久不老長春功」呢？』

「那都是本派最上乘的武功，連我們師父也因多務雜學，有許多功夫並沒學會。丁春秋一聽之下，喜歡得全身發顫，說道：『你將這些武功祕笈交了出來，今日便饒你性命。』我道：『我怎會有此等祕笈？但師父保藏祕笈的所在，我倒知道。你要殺我，儘管下手。』丁春秋道：『祕笈當然是在星宿海旁，我豈有不知？』我道：『不錯，確是在星宿海旁，你有本事，儘管自己去找。』他沉吟半晌，知道星宿海周遭數百里，小小幾部祕笈不知藏在何處，確實難找，便道：『好，我不殺你。不過從今而後，你須當裝聾作啞，不能將本派的祕密洩漏出去。』

「他為甚麼不殺我？他不過要留下我這個活口，以便逼供。否則殺了我之後，這些祕笈的所在，天下再也沒人知道了。這些武功祕笈，其實並不在星宿海，一向分散在師伯、師父、師叔三人手中。丁春秋定居在星宿海畔，幾乎將每一塊石子都翻了過來，自然沒找到神功祕笈。幾次來找我麻煩，都給我以土木機關、奇門遁甲等方術避開。這一次他又想來問我，眼見無望，而我又破了誓言，他便想殺我洩憤。」

虛竹道：「幸虧前輩……」蘇星河道：「你是本派掌門，怎麼叫我前輩，該當叫我師哥才是。」虛竹心想：「這件事傷腦筋之極，不知幾時才說得明白。」便道：「你是不是我師兄，暫且不說，就算眞是師兄，那也是『前輩』。」蘇星河點頭道：「這倒有理。幸虧我怎麼？」虛竹道：「幸虧前輩苦苦忍耐，養精蓄銳，直到最後關頭，才突施奇襲，令這星宿老怪大敗虧輸而去。」

蘇星河連連搖手，說道：「師弟，這就是你的不是了，明明是你用師尊所傳神功前來助我，才救了我性命，你怎地謙遜不認？你我是同門師兄弟，掌門之位已定，我性命又是你救的，我無論如何不會來覬覦你這掌門之位。你今後可再也不能見外了。」

虛竹大奇，說道：「我幾時助過你了？說到救命，更加無從談起。」蘇星河想了一想，道：「或許你是出於無心，也未可知。總而言之，你手掌在我背心上一搭，本門的神功傳了過來，方能使我反敗爲勝。」虛竹道：「唔，原來如此。那是你師父救了你性命，不是我救的。」蘇星河道：「我說這是師尊假你之手救我，你總得認了罷？」虛竹無可再推，只得點頭道：「這個順水人情，既然你叫我非認不可，我就認了。」

蘇星河又道：「剛才你神功斗發，打了丁春秋一個出其不意，才將他驚走。倘若當眞相鬥，你我二人合力，仍然不是他敵手。要制丁春秋於死地，第一須得內力強過了他，第二要善於運使本門的高明武功，如『天山六陽掌』、『天山折梅手』等等，武功與內力相結合，才能生出極大威力。我因多務雜學，不專心於習武，以致武功修爲及不上丁春秋，否則的話，師父只須將內力注入我身，便能收拾這叛徒了。再者，我有個師叔，內力武功均著實不低，不知怎地，她竟爲丁春秋所惑，和他聯手對付我師父。這位師叔喜歡英俊瀟洒的美少年，當年丁春秋年輕俊雅，由此而討得師叔歡心。丁春秋有些武功，好比『小無相功』，就是從這位師叔處學得。倘若我們向丁春秋發難，這位師叔又全力助他，除他便大大不易。這三十年來，師父和我想方設法，始終找不到人來承襲師父的武功。眼見師父年事已高，這傳人便更加難找了，非但要悟心奇高，尙須是個英俊瀟洒的美少年……」

虛竹道：「小僧相貌醜陋，決計沒做尊師傳人的資格。老前輩，你去找一位英俊瀟洒的美少年來，我將尊師的神功交了給他，也就是了。」

蘇星河一怔，道：「本派神功和心脈氣血相連，功在人在，功消人亡。師父傳了你神功後便即去世，難道你沒見到麼？」虛竹連連頓足，道：「這便如何是好？教我誤了尊師和前輩的大事。」

蘇星河道：「師弟，這便是你肩頭上的擔子了。師父設下這個棋局，旨在考查來人的悟性。這珍瓏實在太難，我苦思了數十年，便始終解不開，只師弟得能解開，『悟心奇高』這四個字，那是合式了。」虛竹苦笑道：「一樣的不合式。這個珍瓏，壓根兒不是我自己解的。」於是將師伯祖玄難如何傳音入密、暗中指點之情說了。

蘇星河將信將疑，道：「瞧玄難大師的神情，他已遭了丁春秋的毒手，一身神功，早已消解，不見得會再使『傳音入密』功夫。」他頓了一頓，又道：「但少林派乃天下武學正宗，玄難大師或者故弄玄虛，亦未可知，那就不是我井底之蛙所能見得到了。師弟，我遣人到處傳書，邀請天下圍棋高手來解這珍瓏，凡是喜棋之人，得知有這麼一個棋會，那是說甚麼都要來的。只不過年紀太老，相貌……這個……這個不太俊美的，又不是武林中人，我吩咐便不用請了。姑蘇慕容公子面如冠玉，天下武技無所不能，原是最佳人選，偏偏他沒能解開。」

虛竹道：「是啊，慕容公子是強過我百倍了。還有那位大理段家的段公子，那也是風度翩翩的佳公子啊。」蘇星河道：「唉，此事不必提起。我素聞大理國鎮南王段正淳精擅一陽指神技，最難得的是風流倜儻，江湖上不論黃花閨女、半老徐娘，一見他便神魂顛倒，情不自禁，那原是一等一的上佳人才。我派了好幾名弟子去大理邀請，那知他卻不在大理，不知到了何處，結果卻請來了他一個獃頭獃腦的寶貝兒子。」

虛竹微微一笑，道：「這位段公子兩眼發直，目不轉睛的只定在那王姑娘身上。」

蘇星河搖頭道：「可嘆，可嘆！段正淳拈花惹草，號稱武林第一風流浪子，生的兒子可一點也不像他，不肖之極，丟老子的臉。他拚命想討好那個王姑娘，王姑娘對他卻全不理睬，眞氣死人了！」虛竹道：「段公子一往情深，該勝於風流浪子，前輩怎麼反說『可嘆』？」蘇星河道：「他聰明臉孔笨肚腸，對付女人一點手段也沒有，咱們用他不著。」虛竹道：「是！」心下暗暗歡喜：「你們要找個美少年去討好女人，這就好了，無論如何，總不會找到我這醜八怪和尚的頭上。」

蘇星河問道：「師父有沒有指點你去找一個人？或者給了你甚麼地圖之類？」

虛竹一怔，覺得事情有些不對，要想抵賴，但他自幼在少林寺中受衆高僧教誨，不可說謊，何況早受了比丘戒，「妄語」乃是大戒，期期艾艾的道：「這個……這個……」

蘇星河道：「你是掌門人，你若問我甚麼，我不能不答，否則你可立時將我處死。但我問你甚麼事，你愛答便答，不愛答便可叫我不許多嘴亂問。」

蘇星河這麼一說，虛竹更不便隱瞞，連連搖手道：「我怎能向你妄自尊大？前輩，你師父將這個交了給我。」說著從懷中取出那卷軸，他見蘇星河身子後縮，神色恭謹，不敢伸手接過，便自行打開。

卷軸一展開，兩人同時一呆，不約而同「咦」的一聲，原來卷軸中所繪的既非地理圖形，亦非山水風景，卻是一個身穿宮裝的美貌少女。

虛竹道：「原來便是外面那個王姑娘。」

但這卷軸絹質黃舊，少說也有三四十年之久，圖中丹青墨色也頗有脫落，顯然是幅陳年古畫，比之王語嫣的年紀無論如何是大得多了，居然有人能在數十年甚或數百年前繪就她的形貌，實令人匪夷所思。圖畫筆致工整，卻又活潑流動，畫中人栩栩如生，活色生香，便如將王語嫣這個人縮小了、壓扁了、放入畫中一般。

虛竹嘖嘖稱奇，看蘇星河時，卻見他伸著右手手指，一筆一劃的摹擬畫中筆法，讚嘆良久，才突然似從夢中驚醒，說道：「師弟，請勿見怪，小兄的臭脾氣發作，一見到師父的丹青妙筆，便又想跟著學了。唉，貪多嚼不爛，我甚麼都想學，到頭來卻一事無成，在丁春秋手中敗得這麼慘。」說著忙捲好卷軸，交還給虛竹，生恐再多看一陣，便會給畫中的筆墨所迷。他閉目靜神，又用力搖頭，似乎要將適才看過的丹青筆墨從腦海中驅逐出去，過了一會，才睜眼問道：「師父交這卷軸給你時，卻如何說？」

虛竹道：「他說我此刻的內力，雖已高過丁春秋，但武功不夠，還不足以誅卻此人，須當憑此卷軸，到大理國無量山去，尋到他當年所藏的大批武學典籍，再學武功。不過我多半自己學不會，還得請另一個女子指點。他說卷軸上繪的是他從前大享清福之處，那麼該是名山大川或清幽之處，怎麼變了王姑娘的肖像？莫非他拿錯了卷軸？」

蘇星河道：「師父行事，人所難測，你到時自然明白。唉，難道現在仍能這麼年輕貌美麼？世上當眞有『不老長春功』麼？總之，你務須遵從師命，設法去學好功夫，將丁春秋除了。」虛竹囁嚅道：「這個……這個……小僧是少林弟子，即須回寺覆命。到了寺中，從此清修參禪，禮佛誦經，再也不出來了。」

蘇星河大吃一驚，跳起身來，放聲大哭，噗的一聲，跪在虛竹面前，磕頭如搗蒜，說道：「掌門人，你不遵師父遺訓，他老人家可不是白死了麼？」

虛竹也即跪下，和他對拜，道：「小僧身入空門，戒嗔戒殺，先前答應尊師去除卻丁春秋，此刻想來總是不妥。少林派門規極嚴，小僧無論如何不敢改入別派，胡作非為。」不論蘇星河痛哭哀求也好，設喻開導也好，甚至威嚇強逼也好，虛竹總之不肯答允。

蘇星河無法可施，傷心絕望之餘，向著師父的屍身說道：「師父，掌門人不肯遵從你的遺命，小徒無能為力，決意隨你而去了。」說著躍起身來，頭下腳上，從半空俯衝下來，將天靈蓋往石板地面撞去。

虛竹驚叫：「使不得！」將他一把抱住。他此刻不但內力渾厚，而且手足靈敏，大逾往昔，一把抱住之後，蘇星河登時動彈不得。

蘇星河道：「你為甚麼不許我自盡？」虛竹道：「出家人慈悲為本，我自然不忍見你喪命。」蘇星河道：「你放開我，我決計不想活了。」虛竹道：「我不放！」蘇星河道：「難道你一輩子捉住我不放？」虛竹心想這話倒也不錯，便將他身子倒轉，頭上腳下的放好，說道：「好，放便放你，卻不許你自盡。」

蘇星河靈機一動，說道：「你不許我自盡？是了，該當遵從掌門人的號令。妙極，掌門人，你終於答允做本派掌門人了！」

虛竹搖頭道：「我沒答允。我那裏答允過了？」

蘇星河哈哈一笑，說道：「掌門人，你再要反悔，也沒用了。你已向我發施號令，我已遵從你的號令，從此再也不敢自盡。我聽辯先生蘇星河是甚麼人？除了聽從本派掌門人的言語之外，又有誰敢向我發施號令？你不妨去問問少林派的玄難大師，縱是少林寺的玄慈方丈，也不敢命我如何如何。」

聾啞老人在江湖上威名赫赫，虛竹在途中便已聽師伯祖玄難大師說過，蘇星河說沒人敢向他發號施令，倒也並非虛語。虛竹道：「我不是膽敢叫你如何如何，只是勸你愛惜性命，那也是一番好意。」蘇星河道：「我不敢來請問你是好意還是歹意。你叫我死，我立刻就死；你叫我活，我便不敢不活。這生殺之令，乃天下第一等的大權柄。你若不是我掌門人，又怎能隨便叫我死，叫我活？」

虛竹辯他不過，說道：「既是如此，剛才的話就算我說錯了，我取消就是。」

蘇星河道：「你取消『不許我自盡』的號令，那便是叫我自盡了。遵命，我即刻自盡便是。」他自盡的法子甚是奇特，又一躍而起，頭下腳上的向石板俯衝而下。

虛竹忙又一把將他牢牢抱住，說道：「使不得！我並非叫你自盡！」蘇星河道：

「嗯，你又不許我自盡。謹遵掌門人號令。」虛竹將他身子放好，搔搔光頭，無言可說。

蘇星河號稱「聰辯先生」，這外號倒不是白叫的，他本來能言善辯，雖然三十年來不言不語，這時重運唇舌，依然舌燦蓮花。虛竹年紀既輕，性子質樸，在寺中跟師兄弟們也向來並不爭辯，如何能是蘇星河的對手？虛竹心中隱隱覺得，「取消不許他自盡的號令」，並不等於「叫他自盡」，而「並非叫他自盡」，亦不就是「不許他自盡」。只是蘇星河口齒伶俐，句句搶先，虛竹沒學過佛門中的「因明」辯論之術，自是無從辯白，他呆了半晌，嘆道：「前輩，我辯是辯不過你的。但你要我改入貴派，終究難以從命。」

蘇星河道：「咱們進來之時，玄難大師吩咐過你甚麼話？玄難大師的話，你是否必須遵從？」虛竹一怔，道：「師伯祖叫我……叫我……叫我聽你的話。」

蘇星河十分得意，說道：「是啊，玄難大師叫你聽我的話。我的話是：你該遵從咱們師父遺命，做本派掌門人。但你既是逍遙派掌門人，對少林派高僧的話，也不必理睬了。所以啊，倘若你遵從玄難大師的話，那就是逍遙派掌門人；倘若你不遵從玄難大師的話，你也是逍遙派掌門人。因爲只有你做了逍遙派的掌門人，才可將玄難大師的話置之腦後，否則的話，你怎可不聽師伯祖的吩咐？」這番論證，虛竹聽來句句有理，一時之間作聲不得。

蘇星河又道：「師弟，玄難大師和少林派的另外幾位和尚，都中了丁春秋的毒手，若不施救，性命旦夕不保，當今之世，只你一人能救得他們。至於救是不救，那自是全憑你的意思了。」虛竹道：「我師伯祖確是遭了丁春秋的毒手，另外幾位師伯叔也受了傷，可是……可是我本事低微，又怎能救得他們？」

蘇星河微微一笑，道：「師弟，本門向來並非只以武學見長，醫卜星相，琴棋書畫，各家之學，包羅萬有。你有一個師姪薛慕華，醫術只懂得一點兒皮毛，江湖上居然人稱『薛神醫』，得了個外號叫作『閻王敵』，豈不笑歪了人嘴巴？玄難大師中的是丁春秋的『化功大法』，那個方臉的師父是給那鐵面人以『冰蠶掌』打傷，那高高瘦瘦的師父是給丁春秋一足踢在左脅下三寸之處，傷了經脈……」

蘇星河滔滔不絕，將各人的傷勢和源由都說了出來。虛竹大為驚佩，道：「前輩，我見你專心棋局，並沒向他們多瞧一眼，又沒去診治傷病之人，怎能知道得如此明白？」

蘇星河道：「武林中因打鬥比拚而受傷，那是一目瞭然，再容易看也沒有了。只有天然的虛弱風邪、傷寒濕熱，那才難以診斷。師弟，你身負師父七十餘年逍遙神功，以之治傷療病，可說無往而不利。玄難大師經脈中毒，要恢復他給消去了的功力，確然不易，但要他傷愈保命，卻只舉手之勞。」當下將如何推穴運氣、消解寒毒之法教了他；又詳加指點，救治玄難當用何種手法，救治風波惡又須用何種手法，因人所受傷毒不同而分別施治。

虛竹將蘇星河所授的手法牢牢記住，但只知其然而不知其所以然。

蘇星河見他試演無誤，臉露微笑，讚道：「掌門人記性極好，一學便會。」

虛竹見他笑得頗爲詭秘，似乎有點不懷好意，不禁起疑，問道：「你爲甚麼笑？」蘇星河登時肅然，恭恭敬敬的躬身道：「小兄不敢嘻笑，如有失敬，請掌門人恕罪。」

虛竹急於要治衆人之傷，也就不再追問，道：「咱們到外邊瞧瞧去罷！」蘇星河道：「是！」跟在虛竹之後，走到屋外。

只見一衆傷者都盤膝坐在地下，閉目養神。慕容復潛運內力，正在疏解包不同和風波惡的痛楚。王語嫣在爲公冶乾裹傷。薛慕華滿頭大汗，來去奔波，見到那個人危急，便搶過去救治，但這一人稍見平靜，另一邊又有人叫了起來。他見蘇星河出來，心下大慰，奔過來道：「師父，你老人家快給想想法子。」

虛竹走到玄難身前，見他閉眼運功，便垂手侍立，不敢開口。玄難緩緩睜開眼來，輕嘆一聲，說道：「你師伯祖無能，慘遭丁春秋毒手，折了本派威名，當眞慚愧之極。你回去向方丈稟報，便說我……說我和你玄痛師叔祖，都無顏回寺了。」

虛竹往昔見到這位師伯祖，總是見他道貌莊嚴，不怒自威，對之不敢逼視，此刻卻見他神色黯然，一副英雄末路的淒涼之態，他如此說，更有自尋了斷之意，忙道：「師伯祖，你老人家不必難過。咱們習武之人，須無嗔怒心，無爭競心，無勝敗心，無得失心……」順口而出，竟將師父平日告誡他的話，轉而向師伯祖說了起來，待得省覺不對，急忙住口，但已說了好幾句。

玄難微微一笑，嘆道：「話是不錯，但你師伯祖內力既失，禪定之力也沒有了。」

虛竹道：「是，是。徒孫不知輕重，胡說八道。」正想出手替他治傷，驀地裏想起蘇星河詭祕的笑容，心中一驚：「他教我伸掌拍擊師伯祖的天靈蓋要穴，怎知他不是故意害人？萬一我一掌拍下，竟將功力已失的師伯祖打死了，那便如何是好？」

玄難道：「你向方丈稟報，本寺來日大難，務當加意戒備。一路上小心在意。你天性淳厚，持戒與禪定兩道，那是不必躭心的，今後要多在『慧』字上下功夫，四卷《楞伽經》該當用心研讀。唉，只可惜你師伯祖不能好好指點你了。」

虛竹道：「是，是。」聽他對自己甚爲關懷，心下感激，又道：「師伯祖，本寺既有大難，更須你老人家保重身子，回寺協助方丈，共禦大敵。」玄難臉現苦笑，說道：「我……我中了丁春秋的『化功大法』，已成廢人，那裏還能協助方丈，共禦大敵？」

虛竹道：「師伯祖，聰辯先生教了弟子一套療傷之法，弟子不自量力，想給慧方師伯試試，請師伯祖許可。」玄難微感詫異，心想聾啞老人是薛神醫的師父，所傳醫療之法定然有些道理，不知何以他自己不出手，也不叫薛慕華施治，便道：「聽辯先生所授，自是十分高明的了。」說著向蘇星河望了一眼，對虛竹道：「那你就照試罷。」

虛竹走到慧方身前，躬身道：「師伯，弟子奉師伯祖法諭，給師伯療傷，得罪莫怪。」慧方微笑點頭。虛竹依著蘇星河所教方法，在慧方左脅下小心摸準了部位，右手反掌擊出，打在他左脅之下。

慧方「哼」的一聲，身子搖晃，只覺脅下似乎穿了一孔，全身鮮血精氣，源源不絕的從這孔中流出，霎時之間，全身只覺空蕩蕩地，似乎皆無所依，但游坦之寒冰毒掌所引起的痲癢酸痛，頃刻間便已消除。虛竹這療傷之法，並不是以內力助他驅除寒毒，而是以修積七十餘年的「北冥眞氣」在他脅下一擊，開了一道宣洩寒毒的口子。便如有人爲毒蛇所咬，便割破傷口，擠出毒液一般。只是這門「氣刀割體」之法，部位錯了固然不行，倘若眞氣內力不足，一擊之力不能直透經脈，則毒氣非但宣洩不出，反而更逼進臟腑，病人立即斃命。

虛竹一掌擊出，心中驚疑不定，見慧方的身子由搖晃而穩定，臉上閉目蹙眉的痛楚神色漸漸變爲舒暢輕鬆，其實只片刻間之事，在他卻如過了好幾個時辰一般。

又過片刻，慧方舒了口氣，微笑道：「好師姪，這一掌的力道可不小啊。」

虛竹大喜，說道：「不敢。」回頭向玄難道：「師伯祖，其餘幾位師伯叔，弟子也去施治一下，好不好？」

玄難這時也滿臉喜容，但搖頭道：「不！你先治別家前輩，再治自己人。」

虛竹心中一凜，忙道：「是！」尋思：「先人後己，才是我佛大慈大悲、救度衆生的本懷。」見包不同身子劇戰，牙齒互擊，格格作響，當即走到他身前，說道：「包三先生，聰辯先生教了小僧一個治療寒毒的法門，小僧今日初學，難以精熟，這就給包三先生施治。失敬之處，還請原諒。」說著摸摸包不同胸口。

包不同笑道：「你幹甚麼？」虛竹提起右掌，砰的一聲，打在他胸口。包不同大怒，罵道：「臭和……」這「尙」字還沒出口，突覺糾纏著他多日不去的寒毒，竟迅速異常的從胸口受擊處湧了出去，這個「尙」字便嚥在肚裏，再也不罵出去了。

虛竹給諸人洩去游坦之的冰蠶寒毒，再去治療中了丁春秋毒手之人。那些人有的是給「化功大法」在經脈要穴中注入毒質，虛竹在其天靈蓋「百會穴」或心口「靈台穴」擊以一掌，固本培元，讓其自解經脈中所染毒質；有的是爲內力所傷，虛竹以手指刺穴，化去星宿派的內力。總算他記心甚好，於蘇星河所授的諸般不同醫療法門，居然記得清清楚楚，依人而施，只一頓飯時分，便將各人身上所感的痛楚盡數解除。受治之人固心下感激，旁觀者也對聾啞老人的神術佩服已極，但想他是薛神醫的師父，倒也不以爲奇。

最後虛竹走到玄難身前，躬身道：「師伯祖，弟子斗膽，要在師伯祖『百會穴』上拍擊一掌。」玄難微笑道：「你得聰辯先生青眼，居然學會了如此巧妙的療傷本事，福緣著實不小，你儘管在我『百會穴』上拍擊便是。」

虛竹躬身道：「如此弟子放肆了！」當他在少林寺之時，每次見到玄難，都只遠遠望見，偶爾玄難聚集衆僧，講解少林派武功心法，虛竹也是隨衆侍立，從未和他對答說話，這次要他出掌拍擊玄難的天靈蓋，雖說是爲了療傷，畢竟心下惴惴，又見他笑得頗爲奇特，不知是何用意，定了定神，又說一句：「弟子冒犯，請師伯祖恕罪！」深深打躬，這才走上一步，提掌對準玄難的「百會穴」，不輕不重，不徐不疾，揮掌拍落。

虛竹手掌剛碰到玄難腦門，玄難臉上忽現古怪笑容，跟著「啊」的一聲長呼，突然身子癱軟，扭動了幾下，俯伏在地，一動也不動了。

旁觀衆人齊聲驚呼，虛竹更嚇得心中怦怦亂跳，忙搶上前去，扶起玄難。慧方等諸僧也一齊趕到。看玄難時，見他臉現笑容，但呼吸已停，竟已斃命。虛竹驚叫：「師伯祖，師伯祖！你怎麼了？」

忽聽得蘇星河叫道：「是誰？站住！」從東南角上疾竄而至，說道：「有人在後暗算，這人身法好快，竟沒能看清楚是誰？」抓起玄難手脈，皺眉道：「玄難大師功力已失，在旁人暗算下，全無抵禦之力，竟爾圓寂了。」突然間微微一笑，神色古怪。

虛竹腦中混亂一片，只哭叫：「師伯祖，師伯祖，你……你怎麼會……」驀地想起蘇星河在木屋中詭秘的笑容，怒道：「聰辯先生，你從實說來，到底我師伯祖如何會死？這不是你有意陷害麼？」

蘇星河雙膝跪地，說道：「啓稟掌門人，蘇星河決不敢陷掌門人於不義。玄難大師突然圓寂，確是有人暗中加害。」虛竹道：「你在那木屋中古裏古怪的好笑，那是甚麼緣故？」蘇星河驚道：「我笑了麼？我笑了麼？掌門人，你可得千萬小心，有人……」一句話沒說完，突然住口，臉上又現出詭秘之極的笑容。

薛慕華大叫：「師父！」忙從懷中取出一瓶解毒藥丸，急速拔開瓶塞，倒了三粒藥丸在手，塞入蘇星河口中。但蘇星河早已氣絕，解毒藥丸停在他口裏，再難嚥下。薛慕華放聲大哭，說道：「師父給丁春秋下毒害死了，丁春秋這惡賊……」說到這裏，已泣不成聲。

康廣陵撲向蘇星河身上，薛慕華忙抓住他後心，奮力拉開，哭道：「師父身上有毒。」范百齡、苟讀、吳領軍、馮阿三、李傀儡、石清風等八名弟子一齊圍在蘇星河身旁，無不又悲又怒。

康廣陵跟隨蘇星河日久，深悉本門規矩，初時見師父向虛竹跪倒，口稱「掌門人」，已猜中了八九成，再凝神向他手指審視，果見戴著一枚寶石指環，便道：「衆位師弟，隨我參見本派新任掌門師叔。」說著在虛竹面前跪倒，磕下頭去。范百齡等一怔，均即省悟，便也跟著磕頭。

虛竹心亂如麻，說道：「丁……丁春秋那個奸賊施主，害死我師伯祖，又害死了你們的師父。」康廣陵道：「報仇誅奸，全憑掌門師叔主持大計。」

虛竹是個從未見過世面的小和尚，說到武功見識，名位聲望，眼前這些人個個遠在他之上，心中只想：「非爲師伯祖復仇不可，非爲聰辯先生復仇不可，非爲屋中的老人復仇不可！」大聲叫了出來：「非殺丁春秋……丁春秋這惡人……這惡賊施主不可。」

康廣陵又磕下頭去，說道：「掌門師叔答允誅奸，爲我等師父報仇，衆師姪深感掌門師叔的大恩大德。」范百齡、薛慕華等也一起磕頭。虛竹忙跪下還禮，道：「不敢，不敢，衆位請起。」康廣陵道：「師叔，小姪有事稟告，此處人多不便，請到屋中，由小姪面陳。」虛竹道：「好！」站起身來。衆人也都站起。

虛竹跟著康廣陵，正要走入木屋中，范百齡道：「且慢！師父在這屋內中了丁老賊的毒手，掌門師叔和大師兄還是別再進去的好，這老賊詭計多端，防不勝防。」康廣陵點頭道：「此言甚是！掌門師叔萬金之體，不能再冒此險。」薛慕華道：「兩位便在此處說話好了。咱們四邊察看，以防老賊再使詭計。」說著首先走開，其餘馮阿三、吳領軍等也都走到十餘丈外。

慕容復、鄧百川等見他們自己本派的弟子都遠遠避開，也都走向一旁。鳩摩智、段延慶等雖見事情古怪，但事不干己，逕自分別離去。

康廣陵道：「師叔……」虛竹道：「我不是你師叔，也不是你們的甚麼掌門人，我是少林寺的和尚，跟你們『逍遙派』全不相干。」康廣陵道：「師叔，你怎能不認？『逍遙派』的名字，若非本門中人，外人是決計聽不到的。倘若旁人有意或無意的聽了去，本門的規矩是立殺無赦。」虛竹打了個寒噤，心道：「這規矩太也邪門。如此一來，倘若我不答應投入他們的門派，他們便要殺我了？」

康廣陵又道：「師叔適才為大夥兒治傷的手法，正是本派嫡傳內功。師叔如何投入本派，何時得太師父心傳，小姪不敢多問。或許因為師叔破解了太師父的珍瓏棋局，我師父依據太師父遺命，代師收徒，代傳掌門人職位，亦未可知。總而言之，本派『逍遙神仙環』是戴在師叔手指上，家師臨死之時向你磕頭，又稱你為『掌門人』，師叔不必再行推托。推來推去，托來托去，也是沒用的。」

虛竹向左右瞧了幾眼，見慧方等人正自抬了玄難的屍身走向一旁，又見蘇星河的屍身仍直挺挺的跪在地下，臉露詭秘笑容，心中一酸，說道：「這些事情，一時也說不清楚，現下我師伯祖死了，真不知如何是好。老前輩……」

康廣陵急忙跪下，說道：「師叔千萬不可如此稱呼，太也折殺小姪了！」虛竹皺眉道：「好，你快請起。」康廣陵這才站起。虛竹道：「老前輩……」他這三字一出口，康廣陵又噗的一聲跪倒。

虛竹道：「我忘了，不能如此叫你。快請起來。」取出那老人給他的卷軸，展了開來，說到：「你師父叫我憑此卷軸，去設法學習武功，用來誅卻丁施主。」

康廣陵看了看畫中的宮裝美女，搖頭道：「小姪不明其中道理，師叔還是妥爲收藏，別給外人瞧見了。我師父生前既如此說，務請師叔看在我師父份上，依言而行。小姪要稟告師叔的是，家師所中之毒，叫做『三笑逍遙散』。此毒中於無形，中毒之初，臉上現出古怪笑容，中毒者自己卻不知道，笑到第三笑，便即氣絕身亡。」

虛竹低頭道：「說也慚愧，尊師中毒之初，臉上現出古怪笑容，我以小人之心，妄加猜度，還道尊師不懷善意，倘若當時便即坦誠問他，尊師立加救治，便不致到這步田地了。」康廣陵搖頭道：「這『三笑逍遙散』一著於身，便難解救。丁老賊所以能橫行無忌，這『三笑逍遙散』也是原因之一。人們都知道『化功大法』的名頭，只因中了『化功大法』，功力只是暫失，尚能留下一條命來廣爲傳播，一旦經脈解毒，內力又可運使。但是中了這『三笑逍遙散』，卻便一瞑不視了。」

虛竹點頭道：「這當眞歹毒！當時我便站在尊師身旁，沒絲毫察覺丁春秋如何下毒，我武功平庸，見識淺薄，這也罷了，可是丁春秋怎麼沒向我下手，饒過了我一條小命？」

康廣陵道：「想來他嫌你本事低微，不屑下毒。掌門師叔，我瞧你年紀輕輕，能有多大本領？治傷療毒之法雖好，那也是我師父教你的，可算不了甚麼，丁老怪不會將你瞧在眼裏的。」他說到此處，忽然想到，這麼說未免不大客氣，忙又說道：「掌門師叔，我這麼說老實話，或許你會見怪，但就算你要見怪，我還是覺得你武功恐怕不大高明。」

虛竹道：「你說得一點不錯，我武功低微之極，丁老賊……罪過罪過，小僧口出惡言，犯了『惡口戒』，不似佛門弟子……那丁春秋丁施主確是不屑殺我。」

虛竹心地誠樸，康廣陵不通世務，都沒想到，丁春秋潛入木屋，聽到蘇星河正在傳授治傷療毒的法門，豈有對虛竹不加暗算之理？那有甚麼見他武功低微，不屑殺害？那「三笑逍遙散」是以內力送毒，彈在對方身上，丁春秋在木屋之中，分別以內力將「三笑逍遙散」彈向蘇星河與虛竹，後來又以此加害玄難。蘇星河惡戰之餘，筋疲力竭，玄難內力盡失，兩人先後中毒。虛竹卻甫得七十餘載神功，丁春秋的內力尚未及身，已即反激出來，劇毒盡數加在蘇星河身上，虛竹卻半點也沒染著。丁春秋與人正面對戰時不敢擅使「三笑逍遙散」，便因生恐對方內力了得、將劇毒反彈出來之故。

康廣陵道：「師叔，這就是你的不是了。逍遙派乃道中之聖，獨來獨往，那是何等逍遙自在？你是本派掌門，普天下沒一個能管得你。你乘早脫了袈裟，留起頭髮，娶他十七八個姑娘做老婆。還管他甚麼佛門不佛門？甚麼惡口戒、善口戒？」

他說一句，虛竹唸一句「阿彌陀佛」，待他說完，虛竹道：「在我面前，再也休出這等褻瀆我佛的言語。你有話要跟我說，到底要說甚麼？」

康廣陵道：「啊喲，你瞧我眞是老胡塗了，說了半天，還沒說到正題。掌門師叔，將來你年紀大了，可千萬別學上我這毛病才好。糟糕，糟糕，又岔了開去，還是沒說到正題，當眞該死。掌門師叔，我要求你一件大事，請你恩准。」

虛竹道：「甚麼事要我准許，那可不敢當了。」

康廣陵道：「唉！本門中的大事，若不求掌門人准許，卻又求誰去？我們師兄弟八人，當年爲師父逐出門牆，那也不是我們犯了甚麼過失，而是師父怕丁老賊對我們加害，又不忍將我們八人刺聾耳朶、割斷舌頭，這才出此下策。師父今日是收回成命了，又令我們重入師門，只是沒稟明掌門人，沒行過大禮，還算不得是本門正式弟子，因此要掌門人金言許諾。否則我們八人到死還是無門無派的孤魂野鬼，在武林中抬不起頭來，這滋味可不好受！」

虛竹心想：「這個『逍遙派』掌門人，我是萬萬不做的，但若不答允他，這老兒不知要糾纏到幾時，只有先答允了再說。」便道：「尊師既已准許你們重列門牆，你們自然是回了師門了，還躭心甚麼？」

康廣陵大喜，回頭大叫：「師弟、師妹，掌門師叔允許咱們重回師門了！」

「函谷八友」中其餘七人一聽，盡皆大喜，當下老二棋迷范百齡、老三書獃子苟讀、老四丹青名手吳領軍、老五閻王敵薛慕華、老六巧匠馮阿三、老七蒔花美婦石清風、老八愛唱戲的李傀儡，一齊過來向掌門師叔叩謝，想起師父不能親見八人重歸師門，又痛哭起來。

虛竹極是尷尬，眼見每一件事情，都是教自己這個「掌門師叔」的名位深陷一步，敲釘轉腳，越來越不易擺脫。自己是名門正宗的少林弟子，卻去當甚麼邪門外道的掌門人，那不是荒唐之極麼？眼見范百齡等都喜極而涕，自己若對「掌門人」的名位提出異議，又不免大煞風景，無可奈何之下，只有搖頭苦笑。一轉頭間，只見慕容復、段譽、王語嫣、慧字六僧，以及玄難的遺體都已不見，這嶺上松林之中，就只剩下他逍遙派九人，驚道：「咦！他們都到那裏去了？」

吳領軍道：「慕容公子和少林派眾高僧見咱們談論不休，都已各自去了！」

虛竹叫道：「哎唷！」發足追了下去，他要追上慧方等人，同回少林，稟告方丈和自己受業師父；同時內心深處，也頗有「溜之大吉」之意，要擺脫逍遙派羣弟子的糾纏。

他疾行了半個時辰，越奔越快，始終沒見到慧字六僧。他已得逍遙老人七十餘年神功，奔行之速，疾逾駿馬，剛一下嶺便已過了慧字六僧的頭。他只道慧字六僧在前，拚命追趕，殊不知倉卒之際，在山坳轉角處沒見到六僧，幾個起落便已遠遠將他們拋在後面。

虛竹直追到傍晚，仍不見六位師伯叔的蹤跡，好生奇怪，猜想是走岔了道，重行回頭奔行二十餘里，向途人打聽，誰都沒見到六個和尚。這般來回疾行，居然絲毫不覺疲累，眼看天黑，肚裏餓起來了，走到一處鎮甸的飯店中，坐下來要了兩碗素麵。

素麵一時未能煮起，虛竹不住向著店外大道東張西望，忽聽得身旁一個清朗的的聲音說道：「和尚，你在等甚麼人麼？」虛竹轉過頭來，見西首靠窗的座頭上坐著個青衫少年，秀眉星目，皮色白淨，相貌甚美，約莫十七八歲年紀，正自笑吟吟的望著他。

虛竹道：「正是！請問小相公，你可見到六個和尚麼？」那少年道：「沒見到六個和尚，一個和尚倒看見的。」虛竹道：「嗯，一個和尚，請問相公在何處見到。」那少年道：「便在這家飯店中見到。」

虛竹心想：「一個和尚，那便不是慧方師伯他們一干人了。但既是僧人，說不定也能打聽到一些消息。」問道：「請問相公，那和尚是何等模樣？多大年紀？往何方而去？」那少年微笑道：「這個和尚高額大耳，闊口厚唇，鼻孔朝天，約莫二十三四歲年紀，他是在這飯店之中等吃兩碗素麵，尚未動身。」

虛竹哈哈一笑，說道：「小相公原來說的是我。」那少年道：「相公便是相公，爲甚麼要加個『小』字？我只叫你和尚，可不叫你作小和尚。」這少年說來聲音嬌嫩，清脆動聲。虛竹道：「是，該當稱相公才是。」

說話之間，店伴端上兩碗素麵。虛竹道：「相公，小僧要吃麵了。」那少年道：「青菜蘑菇，沒點油水，有甚麼好吃？來來來，你到我這裏來，我請你吃白肉，吃燒鷄。」虛竹道：「罪過，罪過！小僧一生從未碰過葷腥，相公請自便。」說著側過身子，自行吃麵，連那少年吃肉吃鷄的情狀也不願多看。

他肚中甚飢，片刻間便吃了大半碗麵，忽聽得那少年叫道：「咦，這是甚麼？」虛竹轉過頭去，見那少年右手拿著一隻羹匙，舀了一羹匙湯正待送入口中，突然間發見了甚麼奇異物件，羹匙離口約有半尺便停住了，左手在桌上拈起一樣物事。那少年站起身來，左手揑著那件物事，走到虛竹身旁，說道：「和尚，你瞧這蟲奇不奇怪？」

虛竹見他揑住的是一枚黑色小甲蟲，這種黑甲蟲到處都有，決不是甚麼奇怪物事，便問：「不知有何奇處？」那少年道：「你瞧這蟲殼兒是硬的，烏亮光澤，像是塗了一層油一般。」虛竹道：「嗯，一般甲蟲，都是如此。」那少年道：「是麼？」將甲蟲丟在地下，伸腳踏死，回到自己座頭。虛竹嘆道：「罪過，罪過！」重又低頭吃麵。

他整日未曾吃過東西，這碗麵吃來十分香甜，連麵湯也喝了個碗底朝天，他拿過第二碗麵來，舉箸欲食，那少年突然哈哈大笑，說道：「和尙，我還道你是個嚴守清規戒律的好和尙，豈知卻是個口是心非的假正經！」虛竹道：「我怎麼口是心非了？」那少年道：「你說這一生從未碰過葷腥，這一碗鷄湯麵，怎又吃得如此津津有味？」

虛竹道：「相公說笑了。這明明是碗青菜磨菇麵，何來鷄湯？我關照過店伴，半點葷油也不能落的。」那少年微笑道：「你口說不茹葷腥，可是一喝到鷄湯，便砸嘴嗒舌的，可不知喝得有多香甜。和尚，我在這碗麵中，也給你加上一羹匙鷄湯罷！」說著伸羹匙在面前盛燒鷄的碗中，舀上一匙湯，站起身來。

虛竹大吃一驚，道：「你……你……你剛才……已經……」

那少年笑道：「是啊，剛才我在那碗麵中，給你加上了一羹匙鷄湯，你難道沒瞧見？啊喲，和尚，你快快閉上眼睛，裝作不知，我在你麵中加上一羹匙鷄湯，包你好吃得多，反正不是你自己加的，如來佛祖也不會怪你。」

虛竹又驚又怒，才知他捉個小甲蟲來給自己看，乃是聲東擊西，引開自己目光，卻乘機將一羹匙鷄湯倒入麵中，想起喝那麵湯之時，確覺味道異常鮮美，只因一生之中從來沒喝過鷄湯，便不知這是鷄湯的滋味，現下鷄湯已喝入肚中，那便如何是好？是不是該當嘔了出來？一時徬徨無計。

那少年忽道：「和尚，你要找的那六個和尚，這不是來了麼？」說著向門外一指。

虛竹大喜，搶到門首，向道上瞧去，卻一個和尚也沒有。他知又受了這少年欺騙，心頭老大不高興，只出家人不可嗔怒，強自忍耐，一聲不響，回頭又來吃麵。

虛竹心道：「這位小相公年紀輕輕，偏生愛跟我惡作劇。」當下提起筷子，風捲殘雲般又吃了大半碗麵，突然之間，齒牙間咬到一塊滑膩膩的異物，一驚之下，忙向碗中看時，只見麵條之中夾著一大片肥肉，卻有半片已給咬去，顯然是給自己吃了下去。虛竹將筷子往桌上一拍，叫道：「苦也，苦也！」

那少年笑道：「和尚，這肥肉不好吃麼？怎麼叫起苦來？」

虛竹怒道：「你騙我到門口去看人，卻在我碗底放了塊肥肉。我……我二十三年之中，從沒沾過半點葷腥，我……這可毀在你手裏啦！」那少年微微一笑，說道：「這肥肉的滋味，豈不是勝過青菜豆腐十倍？你從前不吃，可眞傻得緊了。」

虛竹愁眉苦臉的站起，右手扠住了自己喉頭，努力要將已吃下肚的半片肥肉嘔將出來，卻沒法辦到，一時心亂如麻，忽聽得門外人聲喧擾，有不少人走向飯店而來。

他一瞥之間，見這羣人竟是星宿派羣弟子，暗叫：「啊喲，不好，給星宿老怪捉到，我命休矣！」忙搶向後進，想要逃出飯店，豈知推開門踏了進去，竟是一間臥房。虛竹想要縮腳出來，只聽得身後有人叫：「店家，店家，快拿酒肉來！」星宿派弟子已進客堂。虛竹不敢退出，只得輕輕掩上了門。

忽聽得有人說道：「給這大肚和尚找個地方睡睡。」正是丁春秋的聲音。一名星宿派弟子道：「是！」腳步沉重，走向臥房來。虛竹大驚，無計可施，一矮身，鑽入了床底。他腦袋鑽入床底，和甚麼東西碰了一下，一個聲音低聲驚呼：「啊！」原來床底已先躲了一人。虛竹更驚，待要退出，那星宿弟子已抱了慧淨走進臥房，放上床後出去。

只聽身旁那人在他耳畔低聲道：「和尚，肥肉好吃麼？你怕甚麼？」原來便是那少年相公。虛竹心想：「你身手倒也敏捷，還比我先躲入床底。」低聲道：「外面來的是一批大惡人，相公千萬不可作聲。」那少年道：「你怎知他們是大惡人？」虛竹道：「我認得他們。這些人殺人不眨眼，可不是玩的。」

那少年正要叫他別作聲，突然之間，躺在床上的慧淨大聲叫嚷：「床底下有人，床底下有人哪！」

虛竹和那少年大驚，同時從床底下竄出。只見丁春秋站在門口，微微冷笑，臉上神情又得意，又狠毒。那少年已嚇得臉上全無血色，立即跪倒，顫聲叫道：「師父！」

丁春秋笑道：「好極，好極！拿來。」那少年道：「不在弟子身邊！」丁春秋道：「在那裏？」那少年道：「在遼國南京城。」丁春秋目露兇光，低沉著嗓子道：「你到此刻還想騙我？我叫你求生不得，求死不能。」那少年道：「弟子不敢欺騙師父。」丁春秋目光掃向虛竹，問那少年：「你怎麼跟他在一起了？」那少年道：「剛才在這店中相遇的。」丁春秋哼了一聲，道：「撒謊！」狠狠瞪了二人兩眼，回了出去。四名星宿弟子搶進房來，圍住二人。

虛竹又驚又怒，道：「原來你也是星宿派弟子！」

那少年一頓足，恨恨的道：「都是你這臭和尚不好，還說我呢！」

一名星宿弟子道：「大師姊，別來好麼？」語氣輕薄，一副幸災樂禍的神氣。

虛竹奇道：「你麼？你……你……」那少年呸了一聲，道：「笨和尚，臭和尚，我當然是女子，難道你一直瞧不出來？」虛竹心想：「原來這小相公不但是女子，而且是星宿派弟子，不但是星宿派弟子，而且還是他們的大師姊。啊喲不好！她害我喝鷄湯，吃肥肉，只怕其中下了毒。」

這個少年，自然便是阿紫喬裝改扮的了。她在遼國南京雖有享不盡的榮華富貴，但她生性好動，日久生厭，蕭峯公務忙碌，又不能日日陪她打獵玩耍。有一日心下煩悶，獨自出外玩耍。本擬當晚便即回去，那知遇上了一個人，竟出言調戲，說她相貌雖美，卻無男人相陪，未免孤單寂寞。阿紫想起自己對蕭峯一片柔情，全無回報，心下大怒，便要殺之洩憤，那人逃得甚快，阿紫竟越追越遠，最後終於將那人毒死，但離南京已遠，索性便闖向中原。她到處遊蕩，也是湊巧，這日竟和虛竹及丁春秋同時遇上了。她引虛竹破戒吃葷，只是一時興起的惡作劇，倒也並無他意。

阿紫只道師父只在星宿海畔享福，決不會來到中原，豈知師父所以前來中原，正是爲了找她與神木王鼎，冤家路窄，竟在這小飯店中遇上了。她早嚇得魂不附體，大聲呵斥虛竹，只不過虛張聲勢，話聲顫抖不已，要想強自鎮定，也是不能了，心中急速籌思脫身之法：「爲今之計，只有騙得師父到南京去，假姊夫之手將師父殺了，那是唯一生路。除了姊夫，誰也打不過我師父。好在神木王鼎留在南京，師父非尋回這寶貝不可。」想到這裏，心下稍定，但轉念又想：「但若師父先將我打成殘廢，消了我武功，再將我押回南京，這等苦頭，只怕比立時死了還更難受。」霎時之間，臉上又即全無血色。

便在此時，一名星宿弟子走到門口，笑嘻嘻的道：「大師姊，師父有請。」

阿紫聽師父召喚，早如老鼠聽到貓叫一般，嚇得骨頭也酥了，明知逃不了，只得跟著那星宿弟子來到大堂。

丁春秋獨據一桌，桌上放了酒菜，衆弟子遠遠垂手站立，必恭必敬，誰也不敢喘一口大氣。阿紫走上前去，叫了聲：「師父！」跪了下去。

丁春秋道：「到底在甚麼地方？」阿紫道：「不敢欺瞞師父，確是在遼國南京城。」丁春秋道：「在南京城何處？」阿紫道：「遼國南院大王蕭大王的王府之中。」丁春秋皺眉道：「怎麼會落入這契丹番狗手裏了？」阿紫道：「沒落入他手裏。弟子到了北邊之後，唯恐失落了師父這件寶貝，又怕失手損毀，因此偷偷到蕭大王的後花園中，掘地埋藏。那所在隱僻之極，蕭大王的花園佔地六千餘畝，除弟子之外，誰也找不到這座王鼎，師父儘可放心。」

丁春秋冷笑道：「只有你自己才找得到。哼，小東西，你倒厲害，你想要我投鼠忌器，不敢殺你！你說殺了你之後，便找不到王鼎了？」

阿紫全身發抖，戰戰兢兢的道：「師父倘若不肯饒恕弟子的頑皮胡鬧，如消去了我的功力，挑斷我的筋脈，斷了我一手一足，弟子寧可立時死了，決不再吐露那王鼎……那王鼎……那王鼎的所在。」說到後來，害怕之極，已然語不成聲。

丁春秋微笑道：「你這小東西，居然膽敢和我討價還價。我星宿派門下有你這樣厲害腳色，而我事先沒加防備，那也是星宿老仙走了眼啦！」

一名弟子突然大聲道：「星宿老仙洞察過去未來，明知神木王鼎該有如此一劫，因此假手阿紫，使這件寶貝歷此一番艱險，乃是加工琢磨之意，好令寶鼎更增法力。」另一名弟子說道：「普天下事物，有那一件不在老仙的神算之中？老仙謙抑之辭，衆弟子萬萬不可當眞了！」又有一名弟子道：「星宿老仙今日略施小計，便殺了少林派高手玄難，誅滅聾啞老人師徒數十口，古往今來，那有這般勝於大羅金仙的人物？小阿紫，不論你有多少狡獪伎倆，又怎能跳得出星宿老仙的手掌？頑抗哀求，兩俱無益。」丁春秋微笑點頭，撚鬚而聽。

虛竹站在臥房之中，聽得淸淸楚楚，尋思：「師伯祖和聰辯先生，果然是這丁施主害死的。唉，還說甚麼報仇雪恨，我自己這條小命也快不保了。」

星宿派羣弟子你一言，我一語，都在勸阿紫快快順服，從實招供，而恐嚇的言辭之中，倒有一大半在宣揚星宿老仙的德威，每一句說給阿紫聽的話中，總要加上兩三句對丁春秋歌功頌德之言。

丁春秋生平最大的癖好，便是聽旁人的諂諛之言，別人越說得肉麻，他越聽得開心，這般給羣弟子捧了數十年，早已深信羣弟子的歌功頌德句句是眞。倘若那一個沒將他吹捧得足尺加三，他便覺得這個弟子不夠忠心。衆弟子深知他脾氣，一有機會，無不竭力以赴，大張旗鼓的大拍大捧，均知歌頌稍有不足，不免失了師父歡心，就此時時刻刻有性命之憂。這些星宿派弟子倒也不是人人生來厚顏無恥，只因形格勢禁，若不如此便不足以圖存，且行之日久，習慣成自然，諂諛之辭順口而出，誰也不以為恥了。

丁春秋撚鬚微笑，雙目似閉非閉，聽著衆弟子歌頌，飄飄然的極是陶醉。他的長鬚在和師兄蘇星河鬥法之時給燒去了一大片，稀稀落落，仍剩下了一些，後來他暗施劇毒，以「三笑逍遙散」毒死蘇星河，這場鬥法畢竟還是勝了，少了一些鬍子，反更顯得年輕了十幾歲。又自盤算：「阿紫這小丫頭今日已難逃老仙掌握，明日便收了她做侍女。倒是後房那小和尚須得好好對付，我的『三笑逍遙散』居然毒他不死，待會再使『化功大法』，取他狗命。本派掌門的『逍遙神仙環』便將落入我手，大喜，大喜！」

足足過了一頓飯時光，衆弟子才頌聲漸稀，頗有人長篇大論的還在說下去，丁春秋左手一揚，頌聲立止，衆弟子齊聲道：「星宿老仙功德齊天蓋地，衆弟子愚魯，不足以表達萬一。」丁春秋微笑點頭，向阿紫道：「阿紫，你更有甚麼話說？」

阿紫心念一動：「往昔師父對我偏愛，都是因爲我拍他馬屁之時，能別出心裁，說得與衆不同，不似這一羣蠢才，翻來覆去，一百年也儘說些陳腔濫調。」便道：「師父，弟子所以偷偷拿了你的神木王鼎玩耍，是有道理的。」

丁春秋雙目一翻，問道：「有甚麼道理？」

阿紫道：「師父從前年紀較大之時，功力未有今日年輕時的登峯造極，尚須借助王鼎，以供練功之用。但近幾年來，任何有目之人，都知師父已有通天徹地的神通，這王鼎不過能聚毒物，比之師父的造詣，那眞是如螢光之與日月，不可同日而語。若說師父還不願隨便丟棄這座王鼎，那也不過是念舊而已。衆師弟大驚小怪，說甚麼這王鼎是本門重寶，失了便牽連重大，那眞是愚蠢之極，可把師父的神通太也小覷了。」

丁春秋連連點頭，道：「嗯，嗯，言之成理，言之成理！」

阿紫又道：「弟子又想，我星宿派武功之強，天下任何門派皆所不及，只師父大人大量，不願與中原人物一般見識，不屑親勞玉步，到中原來教訓這些井底之蛙。可是中原武林之中，便有不少人妄自尊大，明知師父不會來向他們計較，便吹起大氣來，大家互相標榜，這個居然說甚麼是當世高人，那個又說是甚麼武學名家。嘴頭上儘管說得震天價響，卻誰也不敢到我星宿海來向師父領教幾招。他們見師父和我年貌相當，只道是星宿派中一名新入門的小弟子，怎料得竟是神功無雙、武術蓋世的大宗師。天下武學之士，人人都知師父武功深不可測，可是說來說去，也只是『深不可測』四字，到底如何深法，卻誰也說不出個所以然來。」

她聲音清脆，娓娓道來，句句打入了丁春秋的心坎，實比衆弟子一味大聲稱頌，聽來受用得多。丁春秋臉上的笑容越來越開朗，眼睛瞇成一線，不住點頭，十分得意。

阿紫又道：「弟子有個孩子氣的念頭，心想師父如此神通，若不到中原來露上兩手，終究開不了這些無知之徒的眼界，難以叫他們得知天外有天，人上有人。因此便想了個主意，請師父來到中原，讓這些小子們知道點好歹。只不過平平常常的恭請師父，那就太也尋常，與師父你老人家古往今來第一高人的身分殊不相配。弟子借這王鼎，原意是在促請師父大駕，也好讓中原武人見見這位星宿派的美少年。師父今日年輕貌美，簡直是我的弟弟，他們口口聲聲還稱你『星宿老仙』，太也不合情理了。星宿派出了師父你這樣一個美少年，難道他們不生眼睛麼？」

阿紫本就聰明，又加上女子重視「年輕貌美，長保青春」的天性，早瞧出師父近來頗以「不老長春功」失效而煩惱，他越躭心難以長春不老，便越須讚他返老還童，說他是「星宿派美少年」，遠比叫他「星宿老仙」令他心曠神怡，因爲這個「老」字，不免大大犯忌。她說了這番話，眼見師父臉色甚和，藹然陶醉，便知說話的要旨已對上了路。

丁春秋呵呵笑道：「如此說來，你取這王鼎，倒是一番孝心了。」阿紫道：「誰說不是呢？不過弟子除了孝心之外，當然也有私心在內。」丁春秋皺眉道：「那是甚麼私心？」阿紫微笑道：「師父休怪。想我既是星宿派弟子，自是盼望本門威震天下，弟子行走江湖之上，博得人人敬畏，豈不光采威風？這是弟子的小小私心。」

丁春秋哈哈一笑，道：「說得好，說得好。我門下這許許多多弟子，沒一個及得上你心思機靈。原來你盜走我這神木王鼎，還是給我揚威來啦。嘿嘿，憑你這般伶牙利齒，殺了你倒也可惜，師父身邊少了個說話解悶之人，但就此罷手不究……」阿紫忙搶著道：「雖然不免太便宜了弟子，但本門上下，那一個不感激師父寬洪大量？自此之後，更要爲師門盡心竭力、粉身碎骨而後已。」

丁春秋道：「你這等話騙騙旁人，倒還有用，來跟我說這些話，不是當我老胡塗麼？居心大大不善。」阿紫忙道：「在弟子心中，師父只是個少年頑童，老胡塗甚麼的，是各位師兄弟背後誹謗師父的……」

說到這裏，忽聽得一個清朗的聲音說道：「店家，看座！」

丁春秋斜眼看去，只見一個青年公子身穿黃衫，腰懸長劍，坐在桌邊，竟不知是何時走進店來，正是日間在棋會上所遇的慕容復。丁春秋適才傾聽阿紫的說話，心中受用，有若騰雲駕霧，身登極樂，同時又一直留神後房虛竹的動靜，怕他越窗逃走，以致店堂中忽然多了一人也沒留意到，倘若慕容復一上來便施暗襲，只怕自己已吃了大虧。他一凜之下，不由得臉上微微變色，但立時便即寧定。

阿紫跪在溪邊，雙手掬起溪水去洗雙眼。清涼的溪水碰到眼珠，痛楚漸止，然而眼前始終沒半點光亮。她哭叫：「我眼睛瞎了！」鐵頭人柔聲安慰。

三三　奈天昏地暗　斗轉星移

慕容復向丁春秋舉手招呼，說道：「請了！當眞是人生何處不相逢，適才邂逅相遇，分手片刻，便又重聚。」

丁春秋笑道：「那是與公子有緣了。」尋思：「此人雖是我後輩姻親，但我曾傷了他手下的幾員大將，他怎肯和我干休？姑蘇慕容得了我從無量山取來的武功秘笈，加上他祖傳功夫，武功淵博之極，『以彼之道，還施彼身』，武林中名聞遐邇，瞧他投擲棋子的暗器功夫，果然了得。先前他觀棋入魔，本要乘機將他除去，偏又得人相救。這小子武功雖高，別的法術卻是不會。」轉頭向阿紫道：「你說倘若我廢了你的武功，挑斷你的筋脈，斷了你一手一腳，你寧可立時死了，也不吐露那物事的所在，是不是？」

阿紫害怕之極，顫聲道：「師父寬宏大量，不必……不必……不必將弟子的胡言亂語，放……放在心上。」

慕容復笑道：「丁先生，你這樣一大把年紀，怎麼還跟小孩子一般見識？來來來，你我乾上三杯，談文論武，豈不是好？在外人面前清理門戶，未免太煞風景了罷？」他雖知排班論輩，須叫丁春秋「太姻伯」，但這稱呼決不肯出口。

丁春秋還未回答，一名星宿弟子已怒聲喝道：「你這廝好生沒上沒下，我師父是武林至尊，豈能同你這等後生小子談文論武？你又有甚麼資格來跟我師父談論？」

又一人喝道：「你恭恭敬敬的磕頭請教，星宿老仙喜歡提攜後進，說不定還指點你一二。你卻說要跟星宿老仙談文論武，哈哈，那不笑歪了人嘴巴麼？哈哈！」他笑了兩聲，臉上的神情卻古怪之極，過得片刻，又「哈哈」一笑，聲音乾澀，笑了這聲之後，張大了嘴巴，卻半點聲音也發不出來，臉上仍顯現著一副又詭秘、又滑稽的笑容。

星宿羣弟子均知他是中了師父「三笑逍遙散」之毒，無不駭然惶悚，向著那三笑氣絕的同門望了一眼之後，大氣也不敢喘一口，都低下頭去，那裏還敢和師父的眼光相接，均想：「他剛才這幾句話，不知如何惹惱了師父，師父竟以這等厲害的手段殺他？對他這幾句話，可得細心琢磨才是，千萬不能重蹈他的覆轍！」

丁春秋心中卻又惱怒，又戒懼。他適才與阿紫說話之際，大袖微揚，已潛運內力，將「三笑逍遙散」毒粉向慕容復揮去。這毒粉無色無臭，細微之極，其時天色已晚，飯店的客堂中朦朧昏暗，滿擬慕容復武功再高，也決計不會察覺，那料得他不知用甚麼手段，竟將這「三笑逍遙散」轉送到了自己弟子身上。死一個弟子固不足惜，但慕容復談笑之間，沒見他舉手抬足，便將毒粉轉到了旁人身上，這顯然並非以內力反激，以丁春秋見聞之博，一時也想不出那是甚麼功夫。他心中只想著八個字：「以彼之道，還施彼身！」慕容復所使手法，正與「接暗器，打暗器」相似，接鏢發鏢，接箭還箭，他是接毒粉發毒粉。但毒粉如此細微，他如何能不令沾身，隨即反彈出來？

轉念又想：「說到『以彼之道，還施彼身』，這三笑逍遙散該當送還我才是，哼，想必這小子忌憚老仙，不敢貿然來捋虎鬚。」想到「捋虎鬚」三字，順手一摸長鬚，觸手只摸到七八根燒焦了的短鬚，心下不惱反喜：「我待會有空，連這點兒鬍子也都剃光了，好顯得更加年輕。以蘇星河、玄難老和尚這等見識和功力，終究還是在老仙手下送了老命，慕容復乳臭未乾，何足道哉？」說道：「慕容公子，你我當眞有緣。」說著飄身而前，揮掌便劈。

慕容復久聞他「化功大法」的惡名，斜身閃過。丁春秋連劈三掌，慕容復皆以小巧身法避開，不與他手掌相觸。

兩人越打越快，小飯店中擺滿了桌子凳子，地位狹隘，實無迴旋餘地，但兩人便在桌椅之間穿來插去，竟沒半點聲息，拳掌固然不交，連桌椅也沒半點挨到。

星宿派羣弟子個個貼牆而立，誰也不敢走出店門一步，師父正與勁敵劇鬥，如誰膽敢避開離去，自是犯了不忠師門的大罪。各人明知形勢危險，只要給掃上一點掌風，便有性命之憂，只盼身子化爲一張薄紙，拚命往牆上貼去。但見慕容復守多攻少，掌法雖然精奇，只因不敢與丁春秋對掌，不免縛手縛腳，落了下風。羣弟子心中暗喜。

丁春秋數招一過，便知慕容復不願與自己對掌，顯是怕了自己的「化功大法」。對方既怕這功夫，當然便要以這功夫制他，但慕容復身形飄忽，出掌難以捉摸，要逼得他與自己對掌，倒也著實不易。再拆數掌，丁春秋已想到了一個主意，右掌縱横揮舞，著著進逼，左掌卻裝作微有不甚靈便，同時故意極力掩飾，要慕容復瞧不出來。

慕容復武功精湛，對方弱點稍現，豈有瞧不出來之理？他斜身半轉，陡地拍出兩掌，蓄勢淩厲，直指丁春秋左脅。丁春秋低聲一哼，退了一步，竟不敢伸左掌接招。慕容復心道：「這老怪左胸左脅之間不知受了甚麼內傷。」當下得理不讓人，攻勢雖仍以攻敵右側爲主，但內力的運用，卻全是攻他左方。

又拆二十餘招，丁春秋左手縮入袖內，右掌翻掌成抓，向慕容復臉上抓去。慕容復斜身轉過，挺拳直擊他左脅。丁春秋一直在等他這一拳，對方終於打到，不由得心中一喜，立時甩起左袖，捲向敵人右臂。

慕容復心道：「你袖風便再淩厲十倍，焉能傷得了我？」這一拳竟不縮回，運勁於臂，硬接他袖子的一捲，嗤的一聲長響，慕容復的右袖竟給扯下一片。慕容復一驚之下，驀地裏拳頭外一緊，已給丁春秋手掌握住。

這一招大出慕容復意料之外，立時驚覺：「這老怪假裝左側受傷，原來是誘敵之計，我可著了他道兒！」心中湧起一絲悔意：「我忒也妄自尊大，將這名聞天下的星宿老怪看得小了。」此時更無退縮餘地，全身內力，逕從拳中送出。

豈知丁春秋「化功大法」的毒性立時傳到，送入了他經脈，他右拳內勁便發不出去，渾似內力給對方化去消除。慕容復暗叫一聲：「啊喲！」他上來與丁春秋爲敵，一直便全神貫注，決不讓對方「化功大法」使到自己身上，不料事到臨頭，仍難躲過。其時當眞進退兩難，倘若續運內勁與抗，不論多強的內力，都會給他化散，過不多時便會功力全失；但若抱元守一，勁力內縮，丁春秋種種匪夷所思的厲害毒藥，便會順著他眞氣內縮的途徑，更侵入經脈臟腑。

正當徬徨無計之際，忽聽得身後一人叫道：「師父巧設機關，臭小子已陷絕境。」慕容復急退兩步，左掌伸處，已抓住那星宿弟子的胸口。

他姑蘇慕容家最拿手的絕技，乃是一門借力打力之技，叫作「斗轉星移」。外人不知底細，惟見慕容氏「以彼之道，還施彼身」神乎其技，當致人死命之時，總是以對方的成名絕技加諸其身，似乎天下各門各派的絕技，姑蘇慕容氏無一不會，無一不精。其實武林中絕技千千萬萬，一人不論如何聰明淵博，決難將每一項絕技都學會了，何況既稱絕技，自非朝夕之功所能練成。慕容氏有了這一門巧妙無比的「斗轉星移」之術，不論對方施展何種功夫，都能將之轉移力道，反擊到對方自身。

善於「封喉劍」的，挺劍去刺慕容復咽喉，給他「斗轉星移」一轉，這一劍便刺入了自己咽喉，而所使的兵刃、勁力、法門，全是出於他本門的秘傳訣竅；善用「斷門刀」的，揮刀砍出，卻砍上了自己手臂。兵器便是這件兵器，招數便是這記招數。只要不是親眼目睹慕容氏施這「斗轉星移」之術，那就誰也猜想不到這些人所以喪命，其實都是出於「自殺」。慕容復得父親親傳，在參合莊地窖中父子倆祕密苦練拆招，外人全無知聞，姑蘇慕容氏名震江湖，但眞正的功夫所在，卻誰也不知。

將對手的兵刃拳腳轉換方向，令對手自作自受，其中道理，全在「反彈」兩字。便如有人發拳打上石牆，出手越重，拳頭上所受力道越大。只不過轉換有形的兵刃拳腳尙易，轉換無形無質的內力氣功，那就極難。慕容復在這門功夫上雖修練多年，畢竟限於年歲，未能臻至登峯造極之境，遇到丁春秋這等第一流高手，他便無法以「斗轉星移」之術反撥回去傷害對方，遇有良機施展「斗轉星移」，受到打擊的倒霉傢伙，卻是星宿派弟子。他轉是轉了，移也移了，不過是轉移到了另一人身上。

這時慕容復受困於「化功大法」，沒法將對方絕招移轉，恰好那星宿弟子急於獻媚討好，張口一呼，顯示了身形所在。慕容復情急之下，無暇多想，一抓到那星宿弟子，立即旁撥側挑，推氣換勁，將他換作了自身。他冒險施展，竟然生效，星宿老怪本意在「化」慕容復之「功」，豈知毒質傳出，化去的卻是本門弟子的本門功夫。

慕容復一試成功，死裏逃生，當即抓住良機，決不容丁春秋再轉別的念頭，把那星宿弟子一推，將他身子撞到了另一名弟子身上。這第二名弟子的內力，當即也隨著丁春秋「化功大法」毒質到處而封閉不出。

丁春秋見慕容復以借力打力之法反傷自己弟子，惱怒之極，但想：「我若爲了保全這些不成材的弟子，放脫他拳頭，一放之後，再要抓到他便千難萬難。星宿派大敗虧輸，星宿老仙還有甚麼臉面來揚威中原？」當下五指加勁，說甚麼也不放開他拳頭，毒質從手掌心源源不絕的送出。

慕容復退後幾步，又將一名星宿弟子黏上了，「化功大法」的毒質立時轉移到他身上。頃刻之間，三名弟子內力受封，癱瘓在地。其餘各人大駭，眼見慕容復又退將過來，無不失聲驚呼，紛紛奔逃。慕容復手臂一振，三名黏在一起的星宿弟子身子飛了起來，第三人又撞中了另一人。那人驚呼未畢，身子便已軟癱。

餘下的星宿弟子皆已看出，只要師父不放開慕容復，這小子不斷借力傷人，羣弟子的功力都不免給師父「化」去，說不定下一個便輪到自己，但除了驚懼之外，卻也沒人敢奪門而出，只是在店堂內狼竄鼠突，免遭毒手。但那小店能有多大，慕容復手臂揮動間，又撞中了三四名星宿弟子。

丁春秋眼見門下弟子一個個狼狽躲閃，再沒人出聲頌揚自己。他羞怒交加，尋思：「只要勝了姑蘇慕容，那便是天下震動之事。要收弟子，世上吹牛拍馬之徒還怕少了？」游目四顧，見衆弟子之中只兩人並未隨衆躲避：一是游坦之，蹲在屋角，將鐵頭埋在雙臂之間，顯得十分害怕；另一個是阿紫，面色蒼白，縮在另一個角落中觀鬥。

丁春秋喝道：「阿紫！」阿紫正看得出神，冷不防聽得師父呼叫，呆了一呆，說道：「師父，星宿小仙大展神威……」只講了半句，便尷尬一笑，接不下去。她師父此際確正大展神威，但傷的卻是自己門下，如何稱頌，一時倒也難以措詞。

丁春秋奈何不了慕容復，本已十分焦躁，阿紫稱他爲「星宿小仙」，這稱呼雖然不錯，但她笑容中顯然含有譏嘲，不禁大怒欲狂，左手衣袖一揮，拂起桌上兩隻筷子，疾向阿紫兩眼中射去。

阿紫叫聲：「啊喲！」忙伸手擊落筷子，但終於慢了一步，筷端已點中了她雙眼，只覺一陣痲癢，忙又伸衣袖去揉擦，睜開眼來，眼前盡是白影晃來晃去，片刻間白影隱沒，已然一片漆黑。她嚇得六神無主，大叫：「我……我的眼睛……我的眼睛……瞧不見啦！」

突然間一陣寒氣襲體，跟著一條臂膀伸過來攬住了腰間，有人抱著她奔出。阿紫叫道：「我……我的眼睛……」身後砰的一聲響，似是雙掌相交，阿紫只覺猶似騰雲駕霧般飛起，迷迷糊糊之中，隱約聽得慕容復叫道：「少陪了。星宿老怪，後會……」

阿紫身上寒冷徹骨，耳旁呼呼風響，一個比冰還冷的人抱著她狂奔。她冷得牙關相擊，呻吟道：「好冷……我的眼睛……冷，好冷。」

那人道：「是，是。逃到那邊樹林裏，星宿老仙就找不到咱們啦。」他嘴裏說話，腳下狂奔。過了一會，阿紫覺到他停了腳步。將她輕輕放下，身子底下沙沙作響，當是放在一堆枯樹葉上。那人道：「姑娘，你……你的眼睛怎樣？」

阿紫只覺雙眼劇痛，拚命睜大眼睛，卻甚麼也瞧不見，天地世界，盡變成黑漆一團，才知雙眼已給丁春秋的毒藥毒瞎，放聲大哭，叫道：「我……我的眼睛瞎了！」

那人柔聲安慰：「說不定治得好的。」阿紫怒道：「丁老怪的毒藥何等厲害，怎麼還治得好？你騙人！我眼睛瞎了，我眼睛瞎了！」說著又是大哭。那人道：「那邊有條小溪，咱們過去洗洗，把眼裏的毒藥洗乾淨了。」說著拉住她右手，將她輕輕拉起。

阿紫只覺他手掌奇冷，不由自主的一縮，那人便鬆開了手。阿紫走了兩步，一個蹌，險些摔倒。那人道：「小心！」又握住了她手。這一次阿紫不再縮手，任由他帶到溪邊。那人道：「你別怕，這裏便是溪邊了。」

阿紫跪在溪邊，雙手掬起溪水去洗雙眼。清涼的溪水碰到眼珠，痛楚漸止，然而天昏地黑，眼前始終沒半點光亮。霎時之間，絕望、傷心、憤怒、無助，百感齊至，她坐倒在地，放聲大哭，雙足在溪邊不住擊打，哭叫：「你騙人，你騙人，我眼睛瞎了，我眼睛瞎了！」那人道：「姑娘，你別難過。我不會離開你的，你……你放心好啦。」

阿紫心中稍慰，問道：「你……你是誰？」那人道：「我……我……」阿紫道：「對不起！多謝你救了我。你高姓大名？」那人道：「我……我……姑娘不認得我的。」阿紫道：「你連姓名也不肯跟我說，還騙我不會離開我呢，我……我眼睛瞎了，我……我還是死了的好。」說著又哭。

那人道：「姑娘千萬死不得。我……我真的永遠不會離開你。只要姑娘許我陪著你，我永遠……會跟在你身邊。」阿紫道：「我不信！你騙我的，你騙我不要尋死。我偏要死，眼睛瞎了，還做甚麼人？」那人道：「我決不騙你，倘若我離開了你，叫我不得好死。」語氣焦急，顯得極爲眞誠。阿紫道：「那你是誰？」

那人道：「我……我是聚賢莊……不，不，我姓莊，名叫聚賢。」

救了阿紫那人，正是聚賢莊的少莊主游坦之。

阿紫道：「原來是莊……莊前輩，多謝你救我。」游坦之道：「我能救你逃脫丁春秋的毒手，心裏歡喜得很，你別謝我。我不是甚麼前輩，我只比你大幾歲。」阿紫道：「嗯，那麼我叫你莊大哥。」游坦之歡喜無限，顫聲道：「這個……是不敢當的。」

阿紫道：「莊大哥，我求你一件事。」游坦之道：「你別說甚麼求不求的，姑娘吩咐甚麼，我就是拚了性命不要，也要盡力給你辦到。」阿紫微微一笑，說道：「你我素不相識，爲甚麼你對我這樣好？」游坦之道：「是，是，是素不相識，我從來沒見過你，你也從來沒見過我。這次……今天咱們是第一次見面。」阿紫黯然道：「還說見面呢？我永遠見你不到了。」說著忍不住又流下淚來。

游坦之忙道：「那不打緊。見不到我還更加好些。」阿紫問道：「爲甚麼？」游坦之道：「我……我相貌難看得很，姑娘倘若見到了，定要不高興。」阿紫嫣然一笑，說道：「你又來騙人了。天下最希奇古怪的人，我也見得多了。我有一個奴隸，頭上戴了個鐵套子，永遠除不下來的，那才教難看呢。如果你見到了，包你笑上三天三夜。你想不想瞧瞧？」游坦之顫聲道：「不，不！我不想瞧。」說著情不自禁的退了兩步。

阿紫道：「你武功這樣好，抱著我飛奔時，幾乎有我姊夫那麼快，那知道膽子卻小，連個鐵頭人也不想見。莊大哥，那鐵頭人很好玩的，我叫他翻觔斗給你看，叫他把鐵頭伸進獅子老虎籠裏，讓野獸咬他的鐵頭。我再叫人拿他當鳶子放，飛在天空，那才有趣呢。」游坦之忍不住打個寒噤，連聲道：「我不要看，我眞的不要看。」

阿紫嘆道：「好罷。你剛才還在說，不論我求你做甚麼，你就是性命不要，也要給我辦到，原來都是騙人的。」游坦之道：「不，不！決不騙你。姑娘要我做甚麼事？」

阿紫道：「我要回到姊夫身邊，他在遼國南京。莊大哥，請你送我去。」

霎時之間，游坦之腦中一片混亂，再也說不出話來。

阿紫道：「怎麼？你不肯嗎？」游坦之道：「不是……不肯，不過……不過我不想……不想去遼國南京。」阿紫道：「我叫你去瞧我那個好玩的鐵頭人小丑，你不肯。叫你送我回姊夫那裏，你又不肯。我只好獨自個走了。」說著慢慢站起，雙手伸出，向前探路。

游坦之道：「我陪你去！你一個人怎麼去……那怎麼成？」

游坦之握著阿紫柔軟滑膩的小手，帶著她走出樹林，心中只是想：「只要我能握著她小手，這樣慢慢走去，便走到十八層地獄，我也歡喜無限。」

剛走到大路上，迎面過來一羣乞丐。當先一人身材高瘦，相貌清秀，認得是丐幫大智分舵舵主全冠清，游坦之心想：「這人那天給我師父所傷，居然沒死。」不想和他們朝相，忙拉著阿紫離開大路，向荒地中走去。阿紫察覺地下高低不平，問道：「怎麼啦？」

游坦之還未回答，全冠清已見到了兩人，快步搶上攔住，厲聲喝道：「鬼鬼祟祟的，幹甚麼？你……你怪模怪樣的，是甚麼東西？」

游坦之大急，心想：「只要他叫出『鐵頭人』三字，阿紫姑娘立時便知我是誰，再也不會睬我。就算她仍要我送她回南京，也決不會再讓我握住她小手了。」急忙大打手勢，要全冠淸不可揭露他的眞相。

全冠淸看不明白他手勢的用意，奇道：「你幹甚麼？」游坦之指著阿紫，搖搖手，指指自己的口，搖搖手，又抱拳爲禮。全冠淸瞧出阿紫雙目已瞎，依稀明白這鐵頭人是求自己不可說話，正詫異間，丐幫衆弟子都已奔近身來。

一人指著游坦之的頭，哈哈大笑，叫道：「當眞希奇，這鐵……」游坦之縱身上前，揮掌拍出。那丐幫弟子舉手擋格，喀喇喇幾聲響，那人臂骨、肋骨齊斷，身子向後飛出丈許，摔在地下，立時斃命。

羣丐驚怒交集，五人同時向游坦之攻去。游坦之雙掌飛舞，亂擊亂拍。他武功低微，比之這些丐幫弟子大有不如，但手掌到處，只聽得喀喇、喀喇，「啊喲！」「哎唷！」砰砰砰，噗噗，五名丐幫弟子飛摔而出，先後喪命。餘人驚駭之下，團團將游坦之和阿紫圍住，再也不敢上前攻擊。

游坦之忽又向全冠淸抱拳行禮，連打手勢，指指阿紫，指指自己的鐵頭，不住搖手。

全冠淸見他舉手連斃六丐，功力之深，實爲生平罕見，自己倘若上前動手，也必無倖，可是他卻又向自己行禮，雖不明他用意，便照著他模樣，也打手勢，指指阿紫，指指他的鐵頭，指指自己嘴巴，又搖搖手。游坦之大喜，連連點頭。

全冠清心念一動：「此人武功奇高，卻深怕我洩露他的機密，似乎可以用這件事來脅制於他，收爲我用。」當即向手下羣丐說道：「大家別說話，誰也不可開口。」游坦之心中更喜，又向他拱手爲禮。

阿紫問道：「莊大哥，是些甚麼人？你打死了幾個人嗎？」游坦之道：「是丐幫的好朋友，大家起了些誤會。這位大智分舵全舵主仁義過人，是位大大的好人，我一向欽佩得很。我……我失手傷了他們幾位兄弟，當眞過意不去。」說著向羣丐團團作揖。

阿紫道：「丐幫中也有好人麼？莊大哥，你武功這樣高，不如都將他們殺了，也好給我姊夫出一口胸中惡氣。」游坦之忙道：「不，不，那是誤會。我跟全舵主是好朋友。你在這裏等我，我跟全舵主過去說明過節。」說著向全冠清招招手。

全冠清聽他認得自己，更加奇怪，但看來全無惡意，當即跟著他走出十餘丈。

游坦之眼見離阿紫已遠，她已決計聽不到自己說話，卻又怕羣丐傷害了她，不敢再走，便即停步，拱手說道：「全舵主，承你隱瞞兄弟的眞相，大恩大德，決不敢忘。」

全冠清道：「此中情由，兄弟全然莫名其妙。尊兄高姓大名？」游坦之道：「兄弟姓莊，名叫莊聚賢，只因身遭不幸，頭上套了這勞什子，可決不能讓那姑娘知曉。」

全冠清見他說話時雙目儘望著阿紫，既關心，又熱切，心下已猜到了七八分：「這小姑娘清雅秀麗，這鐵頭人定是愛上了她，生怕她知道他的鐵頭怪相。」問道：「莊兄如何識得在下？」游坦之道：「貴幫大智分舵聚會，商議推選幫主之事，兄弟恰好在旁，聽得有人稱呼全舵主。兄弟今日失手傷了貴幫幾位兄弟，實在……實在不對，還請全舵主原諒。」

全冠清道：「大家誤會，不必介意。莊兄，你頭上戴了這個東西，兄弟決計不說，連待會兄弟吩咐手下，誰也不得洩露半點風聲。」游坦之感激得幾欲流淚，不住拱手，連稱：「多謝，多謝。」全冠清道：「可是莊兄弟跟這位姑娘攜手在道上行走，難免有人見到，勢必大驚小怪，呼叫出來，莊兄就算將那人殺死，也已來不及了。」

游坦之道：「是，是。」他自救了阿紫，神魂飄盪，一直沒想到這件事，這時聽全冠清說得不錯，不由得沒了主意，囁嚅道：「我……我只有跟她到深山無人之處去躲了起來。」全冠清微笑道：「這位姑娘只怕要起疑心，而且，莊兄跟這位姑娘結成了夫婦之後，她遲早會發覺的。」

游坦之胸口一熱，說道：「結成夫……夫婦甚麼，我倒不想，那……那是不成的，我怎麼……怎麼配？不過……不過……那倒眞的難了。」

全冠清道：「莊兄，承你不棄，說兄弟是你的好朋友。好朋友有了爲難之事，自當給你出個主意。這樣罷，咱們一起到前面市鎮上，僱輛大車，你跟這位姑娘坐在車中，單顧眼下，就誰也見不到你們了。」游坦之大喜，想到能和阿紫同坐一車，眞是做神仙也不如，忙道：「對，對！全舵主這主意眞高。」

全冠淸道：「然後咱們再想法子除去莊兄這個鐵帽子，兄弟拍胸膛擔保，這位姑娘永遠不會知道莊兄這件尷尬事。你說如何？」

噗的一聲，游坦之跪倒在地，向全冠淸不住磕頭，鐵頭撞上地面，咚咚有聲。

全冠淸跪倒還禮，說道：「莊兄行此大禮，兄弟如何敢當？莊兄倘若不棄，咱二人結爲金蘭兄弟如何？」游坦之喜道：「妙極，妙極！做兄弟的甚麼事也不懂，有你這樣一位足智多謀的兄長給我指點明路，兄弟當眞求之不得。」全冠淸哈哈大笑，說道：「做哥哥的叨長你幾歲，便不客氣稱你一聲『兄弟』了。」

當丁春秋和蘇星河打得天翻地覆之際，段譽的眼光始終沒離開王語嫣身上，而王語嫣的眼光，卻又始終含情脈脈的瞧著表哥慕容復。因之段王二人的目光，便始終沒法遇上。待得丁春秋大敗逃走，虛竹與逍遙派門人會晤，慕容復一行離去，段譽自然而然便隨在王語嫣身後。

下得嶺來，慕容復向段譽拱手道：「段兄，今日有幸相會，這便別過了，後會有期。」段譽道：「是，是。今日有幸相會，這便別過了，後會有期。」眼光卻仍瞧著王語嫣。慕容復心下不快，哼了一聲，轉身便走。段譽戀戀不捨的又跟了去。

包不同雙手一攔，擋在段譽身前，說道：「段公子，你今日出手相助我家公子，包某多謝了。」段譽道：「不必客氣。」包不同道：「此事已經謝過，咱們便兩無虧欠。你這般目不轉睛的瞧著我們王姑娘，忒也無禮，現下還想再跟，更是無禮之尤。你是讀書人，可知道『非禮勿視，非禮勿行』的話麼？包某此刻身上全無力氣，可是罵人的力氣還有。」段譽嘆了口氣，搖搖頭，說道：「既然如此，包兄還是『非禮勿言』，我這就『非禮勿跟』罷。」

包不同哈哈大笑，說道：「這就對了！」轉身跟隨慕容復等而去。王語嫣只顧著對慕容復喁喁細語，於段譽跟不跟來全不理會。

段譽目送王語嫣的背影為樹林遮沒，兀自呆呆出神，朱丹臣道：「公子，咱們走罷！」段譽道：「是，該走了。」可是卻不移步，直到朱丹臣連催三次，這才跨上古篤誠牽來的坐騎。他身在馬背之上，目光卻兀自瞧著王語嫣的去路。

段譽那日將書信交與全冠清後，便即馳去回稟段正淳，待得棋會之期將屆，得了父親允可，帶同朱丹臣等赴會。果然不負所望，在棋會中見到了意中人，但這一會徒添愁苦，到底是相見還是不見的好，他自己可也說不上來了。

一行人馳出二十餘里，大路上塵頭起處，十餘騎疾奔而來，正是大理國三公華赫艮、范驊、巴天石，以及崔百泉、過彥之等人。一行人馳到近處，下馬向段譽行禮。原來崔百泉師叔姪從伏牛山本門中人處得到訊息，大理鎮南王到了河南，在伏牛山左近落腳養傷，當即前來拜會，正巧華赫艮等奉了段正淳之命，要來接應段譽，深恐聾啞先生的棋會中有何凶險，便也跟著一同前來。衆人聽說段延慶也曾與會，幸好沒對段譽下手，都是手心中揑了一把汗。

朱丹臣悄悄向范驊等三人說知，段譽在棋會中如何見到姑蘇慕容家的一位美貌姑娘，如何對她目不轉睛的呆視，如何失魂落魄，又想跟去，幸好給對方斥退。范驊等相視而笑，均想：「小王子家學淵源，風流成性。他如能由此忘了對自己親妹子木姑娘的相思之情，倒是一件大好事。」

傍晚時分，一行人在客店中吃了晚飯。范驊說起江南之行，說道：「公子爺，這慕容氏一家詭秘得很，以後遇上了可得小心在意。」段譽道：「怎麼？」范驊道：「這次我們三人奉了王爺將令，前赴蘇州燕子塢慕容氏家中查察，要瞧瞧有甚麼蛛絲馬跡，少林派玄悲大師到底是不是慕容氏害死的。」崔百泉與過彥之甚是關切，齊聲問道：「三位可查到了甚麼沒有？」范驊道：「我們三人沒明著求見，只暗中查察，慕容氏家裏沒男女主人，只賸下些婢僕。偌大幾座院莊，只有一個小姑娘叫做阿碧的在主持家務。」段譽點頭道：「嗯，這位阿碧姑娘人挺好的。你們沒傷了她罷？」

范驊微笑道：「沒有，我們接連查了幾晚，慕容氏莊上甚麼地方都查到了，半點異狀也沒有。巴兄弟忽然想到，那番僧鳩摩智將公子爺從大理請到江南來，說是要去祭慕容先生的墓……」崔百泉插口道：「是啊，慕容莊上那兩個小丫頭，卻說甚麼也不肯帶那番僧去祭墓，幸好這樣，公子爺才得脫卻那番僧的毒手。」

段譽點頭道：「阿朱、阿碧兩位姑娘，可眞是好人。不知她們現下怎樣了？阿碧姑娘身子好吧？」巴天石微笑道：「我們接連三晚，都在窗外見到那阿碧姑娘在縫一件男子的長袍，公子爺，她是縫給你的罷？」段譽忙道：「不是，不是。她多半是縫給慕容公子的。」巴天石道：「是啊，我瞧這小丫頭神魂顚倒的，老是想著慕容公子，我們三個穿房入舍，她全沒察覺。她不住自言自語：『沒用的，沒用的，他壓根兒就半點也沒把我放在心上，多想他有甚麼用？』」他說這番話，是要段譽不可學他爹爹，到處留情，話中加重阿碧牽掛的只是慕容公子，段公子對她多想無益。

其實段譽對阿碧雖甚有好感，卻無相思之情，嘆道：「不錯，阿碧說得眞對，『沒用的，沒用的，她壓根兒就半點也沒把我放在心上，多想她有甚麼用？』」殊不知阿碧思念的是慕容公子，段譽卻誤會是阿碧勸他不必去思念王語嫣，又道：「慕容公子俊雅無匹，那也難怪！更何況他們是中表之親，自幼兒青梅竹馬……」

范驊、巴天石等面面相覷，均想：「小丫頭和公子爺青梅竹馬倒也猶可，又怎會有中表之親？」那想得到他是扯到了王語嫣身上。

崔百泉問道：「范司馬、巴司空想到那番僧要去祭慕容先生的墓，不知這中間有甚麼道理？可跟我師兄之死有甚麼關連？」范驊道：「我提到這件事，正是要請大夥兒一起參詳參詳。華大哥一聽到這個『墓』字，登時手癢，說道：『說不定這老兒的墓中有甚麼古怪，咱們掘進去瞧瞧。』我和巴兄都不大贊成，姑蘇慕容氏名滿天下，咱們段家去掘他的墓，太也說不過去。華大哥卻道：『咱們悄悄打地道進去，神不知，鬼不覺，有誰知道了？』我們二人拗他不過，也就聽他的。那墓便葬在莊子之後，甚是僻靜隱秘，還眞不容易找到。我們三人掘進墓壙，打開棺材，崔兄，你道見到甚麼？」

崔百泉和過彥之同時站起，問道：「甚麼？」范驊道：「棺材裏是空的，沒死屍。」

崔過二人張大了嘴，半晌合不攏來。過了良久，崔百泉一拍大腿，說道：「那慕容博沒死。他叫兒子在中原到處露面，自己卻在幾千里外殺人，故弄玄虛。我師哥……我師哥定是慕容博這惡賊殺的！」

范驊搖頭道：「崔兄曾說，這慕容博武功深不可測，他要殺人，儘可使別的手段，爲甚麼定要留下『以彼之道，還施彼身』的功夫，好讓人人知道是他姑蘇慕容氏下的手？若想武林中知道他的厲害，卻爲甚麼又要裝假死？要不是華大哥有這能耐，又有誰能查知他這個秘密？」

崔百泉頹然坐倒，本來似已見到了光明，霎時間眼前又是一團迷霧。

段譽道：「天下各門各派的絕技成千成萬，要一一明白其中的來龍去脈，當眞難如登天，可偏偏她有這等聰明智慧，甚麼武功都瞭如指掌……」

崔百泉道：「是啊，好像我師哥這招『天靈千裂』，是我伏牛派的不傳之秘，他又怎麼懂得，竟以這記絕招害了我師哥性命？」

段譽搖頭道：「她當然懂得，不過她手無縛鷄之力，雖懂得各家各派的武功，自己卻一招也不會使，她爲人良善，更不會去害人性命。」

衆人面面相覷，過了半晌，一齊緩緩搖頭。

阿紫雙眼爲丁春秋毒瞎，游坦之奮不顧身的搶了她逃走。丁春秋心神微分，指上內勁稍鬆，慕容復得此良機，立即運起「斗轉星移」絕技，噗的一聲，丁春秋五指抓住了一名弟子的手臂。慕容復拳頭脫出掌握，飛身竄出，哈哈大笑，叫道：「少陪了，星宿老怪，後會有期。」展開輕功，頭也不回的去了。

這一役他傷了星宿派十餘名弟子，大獲全勝，終於出了鄧百川等四大家臣給星宿門下毒掌所傷的惡氣，最後得能全身而退，實出僥倖，但也不免經脈小受損傷。與王語嫣、鄧百川一行會齊後，在客店中深居簡出，與鄧百川等人一齊養傷。

過得數日，包不同、風波惡兩人體力盡復，跟著慕容復、鄧百川和公冶乾也已痊可。六人說起不知阿朱的下落，都好生記掛，商定就近去洛陽打探訊息。當年旅途之間，包不同曾與阿朱、蕭峯匆匆一會，此後蕭峯失手誤傷阿朱等情，慕容復等一行就不得而知了。

在洛陽不得絲毫消息，慕容復覺得不値得爲一個小丫頭耗費時候，於是向西查察江湖近況，又想乘機收羅黨羽，擴充他日復國的勢力。

這一日六人急於趕道，錯過了宿頭，直行到天黑，仍在山道之中，道路崎嶇，越走道旁的亂草越長。風波惡道：「咱們只怕走錯了路，前邊這個彎多半轉得不對。」鄧百川道：「且找個山洞或是破廟，露宿一宵。」

風波惡當先奔出去找安身之所，放眼山路陡峭，亂石嶙峋。他自己甚麼地方都能躺下來呼呼大睡，但要找個可供王語嫣宿息的所在，卻著實不易。一口氣奔出數里，轉過一個山坡，忽見右首山谷中露出一點燈火，風波惡大喜，回首叫道：「這邊有人家。」

慕容復等聞聲奔到。公冶乾喜道：「看來只是家獵戶山農，但給王姑娘一人安睡的地方總是有的。」六人向著燈火快步走去。那燈火相隔甚遙，走了好一會仍閃閃爍爍，瞧不清楚屋宇。風波惡喃喃罵道：「他奶奶的，這燈火可有點兒邪門。」突然鄧百川低聲喝道：「且住，公子爺，你瞧這是盞綠燈。」慕容復凝目望去，果見那燈火發出綠油油的光芒，迥不同尋常燈火的色作暗紅或是昏黃。六人加快腳步，向綠燈又趨前里許，便看得更加清楚了。

包不同大聲道：「邪魔外道，在此聚會！」

憑這五人的機智武功，對江湖上不論那一個門派幫會，都絕無忌憚，但各人立時想到：「今日與王姑娘在一起，還是別生事端的爲是。」包不同與風波惡久未與人打鬥，此刻功力已復，霎時間心癢難搔，躍躍欲試，但立即自行克制。風波惡道：「今日走了整天路，可有點倦了，這個臭地方不太好，退回去罷！」慕容復微微一笑，心想：「風四哥居然改了性子，當眞難得。」說道：「表妹，那邊不乾不淨的，咱們走回頭路罷。」王語嫣不明白其中道理，但表哥既然這麼說，也就欣然樂從。

六人轉過身來，只走出幾步，忽然一個聲音隱隱約約的飛了過來：「既知邪魔外道在此聚會，你們這幾隻不成氣候的妖魔鬼怪，怎不過來湊湊熱鬧？」這聲音忽高忽低，若斷若續，鑽入耳中令人極不舒服，但每個字都聽得清清楚楚。

慕容復哼了一聲，知道包不同所說「邪魔外道，在此聚會」那句話，已給對方聽了去，從對方這幾句傳音中聽來，說話之人內力修爲倒是不淺，但也不見得是眞正第一流的功夫。他左手一拂，說道：「沒空跟他糾纏，隨他去罷！」不疾不徐地從來路退回。

那聲音又道：「小畜生，口出狂言，便想這般夾著尾巴逃走嗎？眞要逃走，也得向老祖宗磕上三百個響頭再走。」

風波惡忍耐不住，止步不行，低聲道：「公子爺，我去教訓教訓這狂徒。」慕容復搖搖頭，道：「他們不知咱們是誰，由他們去罷！」風波惡道：「是！」

六人再走十餘步，那聲音又飄了過來：「雄的要逃走，也就罷了，這雌雛兒可得留下，陪老祖宗解解悶氣。」五人聽到對方居然出言辱及王語嫣，人人臉上變色，一齊站定，轉過身來。

只聽得那聲音又道：「怎麼樣？乖乖地快把雌兒送上來，免得老祖……」他剛說到那個「祖」字，鄧百川氣吐丹田，喝道：「宗！」他這個「宗」字和對方的「宗」字雙音相混，聲震山谷。各人耳中嗡嗡大響，但聽得「啊」的一聲慘呼，從綠燈處傳了過來。靜夜之中，鄧百川那「宗」字餘音未絕，夾著這聲慘叫，令人毛骨悚然。

鄧百川這聲斷喝，乃是以更高內力震傷了對方。從那人這聲慘呼聽來，受傷還眞不輕，說不定已然一命嗚呼。那人慘叫之聲將歇，但聽得嗤的一聲響，一枚綠色火箭射向天空，蓬的一下炸了開來，映得半邊天空都成深碧之色。

風波惡道：「一不做，二不休，掃蕩了這批妖魔鬼怪的巢穴再說！」慕容復點頭道：「咱們讓人一步，本來求息事寧人。既然幹了，便幹到底。」六人向那綠火奔去。

慕容復怕王語嫣受驚吃虧，放慢腳步，陪在她身邊，只聽得包不同和風波惡兩聲呼叱，已跟人動上了手。跟著綠火微光中三條黑影飛了起來，啪啪啪三響，撞向山壁，顯是給包風二人乾淨利落的料理了。

慕容復奔到綠燈之下，只見鄧百川和公冶乾站在一隻青銅大鼎之旁，臉色凝重。銅鼎旁躺著一個老者，鼎中有一道煙氣上升，細如一線，卻其直如矢。王語嫣道：「是川西碧磷洞桑土公一派。」鄧百川點頭道：「姑娘果然淵博。」包不同回過身來，說道：「你怎知道？這燒狼煙報訊之法，幾千年前就有了，未必就只川西碧磷洞……」他話還沒說完，公冶乾指著銅鼎一足，示意要他觀看。

包不同彎下腰來，晃火摺一看，見鼎足上鑄著一個「桑」字，乃以幾條小蛇、蜈蚣之形盤成，銅綠斑斕，宛是一件古物。包不同明知王語嫣說得對了，還要強辭奪理：「就算這隻銅鼎是川西桑土公一派，焉知他們不是去借來偷來的？何況常言道『贋鼎、贋鼎』，十隻鼎倒有九隻是假的。」

慕容復等心下都有些嘀咕：「此處離川邊甚遠，難道也算是桑土公一派的地界麼？」他們都知川西碧磷洞桑土公一派大都是苗人、羌人，行事與中土武林人士大不相同，擅於下毒，江湖人士對之頗爲忌憚，好在他們與世無爭，只要不闖入川邊倮山地界，他們也不會輕易侵犯旁人。慕容復、鄧百川等人自也不來怕他甚麼桑土公，只是跟這等邪毒怪誕的化外之人結仇，委實無聊，而糾纏上了身，也甚麻煩。

慕容復微一沉吟，說道：「這是非之地，早早離去的爲妙。」眼見銅鼎旁躺著的那老者已氣息奄奄，卻兀自睜大了眼，氣憤憤的望著各人，自便是適才發話肇禍之人了。慕容復向包不同點了點頭，嘴角向那老人一歪。包不同會意，反手抓起那根懸著綠燈的竹桿，倒過桿頭，連燈帶桿，噗的一聲，插入那老者胸口，綠燈登時熄滅。王語嫣「啊」的一聲驚呼。公冶乾道：「量小非君子，無毒不丈夫！這叫做殺人滅口，以免後患。」

只奔出十餘丈，黑暗中嗤嗤兩聲，金刃劈風，一刀一劍從長草中劈了出來。慕容復飛起右足，踢倒了銅鼎。慕容復拉著王語嫣的手，斜刺向左首竄了出去。袍袖一拂，借力打力，左首那人的一刀砍在右首那人頭上，右首那人一劍刺入了左首之人心窩，刹那間料理了偷襲的二人，腳下卻絲毫不停。公冶乾讚道：「公子爺，好功夫！」

慕容復微微一笑，繼續前行，右掌一揮，迎面一名敵人骨碌碌地滾下山坡，左掌擊出，左前方一名敵人「啊」的一聲大叫，口噴鮮血。黑暗之中，突然聞到一陣腥臭之氣，跟著微有銳風撲面，慕容復急凝掌風，將兩件不知名的暗器反擊了出去，但聽得「啊」的一下驚呼，敵人已中了他自己所發的歹毒暗器。

黑暗之中，驀地陷入重圍，也不知敵人究有多少，只是隨手殺了數人，殺到第六人時，慕容復暗暗心驚，尋思：「起初三人多半是川西桑土公一派，後來三人的武功卻顯是另屬不同的三派，冤家愈結愈多，大是不妙。」

只聽得鄧百川叫道：「大夥兒併肩往『聽香水榭』闖啊！」「聽香水榭」是姑蘇燕子塢中的一個莊子，位於西首，是慕容復的侍婢阿朱所居。鄧百川說向聽香水榭闖去，便是往西退卻，以免讓敵人得知。

慕容復一聽，便即會意，但其時四下裏一片漆黑，星月無光，難以分辨方位，他微一凝神，聽得鄧百川厚重的掌風在身後右側響了兩下，當即拉住王語嫣，斜退三步，向鄧百川身旁靠去。只聽得啪啪兩聲輕響，鄧百川和敵人又對了兩掌。從掌聲中聽來，敵人著實是個好手。跟著鄧百川吐氣揚聲，「嘿」的一聲呼喝。慕容復知道鄧百川使一招「石破天驚」，對方多半抵擋不住。果然那人失聲驚呼，聲音尖銳，但呼聲越響越下，猶如沉入地底，跟著是石塊滾動、樹枝折斷之聲。慕容復微微一驚：「這人失足掉入了深谷。幸好鄧大哥將這人先打入深谷，否則黑暗中一腳踏了個空，可就糟了。」

便在此時，左首高坡上有個聲音飄了過來：「何方高人，到萬仙大會來搗亂？當眞將三十六洞洞主、七十二島島主，都不放在眼內嗎？」

慕容復等都輕輕「啊」的一聲。甚麼「三十六洞洞主，七十二島島主」的名頭，他們倒也聽到過的，但所謂「洞主，島主」，只不過是一批既不屬任何門派、又不隸甚麼幫會的旁門左道之士。這些人武功有高有低，人品有善有惡，人人獨來獨往，各行其是，相互不通聲氣，便也成不了甚麼氣候，江湖上向來不予重視。只知他們有的散處東海、黃海中的海島，有的在崑崙、祁連深山中隱居，多年來銷聲匿跡，並無作為，誰也沒加留意，沒想到竟會在這裏出現。

慕容復朗聲道：「在下朋友六人，乘夜趕路，不知眾位在此相聚，無意中多有冒犯，謹此謝過。黑暗之中，事出誤會，雙方一笑置之便了，請各位借道。」他這幾句話不亢不卑，並不吐露身分來歷，對誤殺對方數人之事，也賠了罪。

突然之間，四下裏哈哈、嘿嘿、呵呵、哼哼笑聲大作，越笑人數越多。初時不過十餘人發笑，到後來四面八方都有人加入大笑，聽聲音不下五六百人，有的便在近處，有的卻似在數里之外。

慕容復聽對方聲勢如此浩大，又想到那人說甚麼「萬仙大會」，心道：「今晚倒足了霉，誤打誤撞的，闖進這些旁門左道之士的大聚會中來啦。我迄今沒吐露姓名，還是一走了之的為是，免得鬧到不可收拾。何況寡不敵眾，咱們六人怎對付得了這數百人？」

眾人鬨笑聲中，高坡上那人道：「你這人說話輕描淡寫，把事情看得忒也易了。你們六人已出手傷了咱們好幾位兄弟，萬仙大會羣仙如就此放你們走路，三十六洞和七十二島的臉皮，卻往那裏擱去？」

慕容復定下神來，凝目四顧，只見前後左右的山坡、山峯、山坳、山脊各處，影影綽綽的都是人影，黑暗中自瞧不清各人的身形面貌。這些人本來不知藏在那裏，突然之間，都有如從地底下湧了出來。這時鄧百川、公冶乾、包不同、風波惡四人都已聚在慕容復和王語嫣身周衛護，但在這數百人的包圍之下，只不過如大海中的一葉小舟而已。

慕容復和鄧百川等生平經歷過無數大陣大仗，見了這等情勢，卻也不禁心中發毛，尋思：「這些人古裏古怪，十個八個自不足爲患，幾百人聚在一起，可著實不易對付。」

慕容復氣凝丹田，朗聲說道：「常言道不知者不罪。三十六洞洞主、七十二島島主的大名，在下也素有所聞，決不敢故意得罪。川西碧磷洞桑土公、甘肅虬龍洞玄黃子、東海玄冥島島主章達人先生，想來都在這裏了。在下慕容復有心結交，無意冒犯。」

只聽得四周許多人都「啊」的一聲，顯是聽到了「慕容復」三字頗爲震動。那粗豪的聲音道：「是『以彼之道，還施彼身』的姑蘇慕容氏麼？」慕容復道：「不敢，正是區區在下。」那人道：「姑蘇慕容氏可不是泛泛之輩。掌燈！大夥兒見上一見！」

他一言出口，突然間東南角上升起了一盞黃燈，跟著西首和西北角上各有紅燈升起。霎時之間，四面八方都有燈火升起，有的是燈籠，有的是火把，有的是孔明燈，有的是松明柴草，各家洞主、島主所攜來的燈火頗不相同，有的粗鄙簡陋，有的卻十分工細，原先都不知藏在何處。燈火忽明忽暗的映照在各人臉上，奇幻莫名。

這些人有男有女，有俊有醜，既有僧人，亦有道士，有的大袖飄飄，有的窄衣短打，有的是長鬚飛舞的老翁，有的是雲髻高聳的女子，服飾多數奇形怪狀，與中土人士頗不相同，一大半人持有兵刃，兵刃也大都形相古怪，說不出名目。慕容復團團作個四方揖，朗聲說道：「各位請了，在下姑蘇慕容復有禮。」四周衆人有的還禮，有的毫不理睬。

西首一人說道：「慕容復，你姑蘇慕容氏愛在中原逞威，那也由得你。但到萬仙大會來肆無忌憚的橫行，卻不把咱們瞧得小了？你號稱『以彼之道，還施彼身』，我來問你，你要以我之道，還施我身，卻是如何施法？」

慕容復循聲瞧去，只見西首巖石上盤膝坐著一個大頭老者，一顆大腦袋光禿禿地，半根頭髮也無，臉上巽血，遠遠望去，便如一個大血球一般。慕容復微一抱拳，說道：「請了！請問尊姓大名？」

那人捧腹而笑，說道：「老夫考一考你，要看姑蘇慕容氏果然是有眞才實學呢，還是浪得虛名。我剛才問你：你若要以我之道，還施我身，卻如何施法。只要你答得對了，別人怎樣我管不著，老夫卻不再來跟你爲難。你愛去那裏，便去那裏好了！」

慕容復看了這局面，情知今日之事已不能空言善罷，勢必要出手露上幾招，便道：「既然如此，在下奉陪幾招，前輩請出手罷！」

那人又呵呵的捧腹而笑，道：「我是在考較你，不是要你來伸量我。你如答不出，那『以彼之道，還施彼身』這八個字，乘早給我收了起來罷！」

慕容復雙眉微蹙，心道：「你一動不動的坐在那裏，我既不知你門派，又不知你姓名，怎知你最擅長的是甚麼絕招？不知你有甚麼『道』，卻如何還施你身？」

他略一沉吟之際，那大頭老者已冷笑道：「我三十六洞、七十二島的朋友們散處天涯海角，不理會中原的閒事。山中無猛虎，猴兒稱大王，似你這等乳臭未乾的小子，居然也說甚麼『北喬峯，南慕容』，呵呵！好笑啊好笑，無恥啊無恥！我跟你說，你今日若要脫身，那也不難，你向三十六洞每一位洞主、七十二島每一位島主，都磕上十個響頭，一共磕上一千零八十個頭，咱們便放你六個娃兒走路。」

包不同憋氣已久，再也忍耐不住，大聲說道：「你要請我家公子爺『以你之道，還施你身』，又叫他向你磕頭。你這門絕技，我家公子爺可學不來了。嘿嘿，好笑啊好笑，無恥啊無恥！」他話聲抑揚頓挫，居然將這大頭老者的語氣學了個十足十。

那大頭老者咳嗽一聲，一口濃痰吐出，疾向包不同臉上射來。包不同斜身避開，那口濃痰從他左耳畔掠過，突然在空中轉了個彎，又向包不同額頭打來。這口濃痰勁力不小，包不同急忙閃避，才察覺他這口痰的來路竟是對準自己眉毛之上的「陽白穴」。

慕容復心中一驚：「這老兒痰中含勁，打人穴道，絲毫不奇。奇在他這口痰吐出之後，竟會在半空中轉彎。」

那大頭老者呵呵笑道：「慕容復，老夫也不來要你以我之道，還施我身，只須你說出我這一口痰的來歷，老夫便服了你。」

慕容復腦中念頭飛快的亂轉，卻無論如何想不起來，忽聽得身旁王語嫣清亮柔和的聲音說道：「端木洞主，你練成了這『歸去來兮』的五斗米神功，實在不容易。但殺傷的生靈，卻也不少了罷。我家公子念在你修爲不易，不肯揭露此功的來歷，以免你大遭同道之忌。難道我家公子，竟也會用這功夫來對付你嗎？」

慕容復又驚又喜，「五斗米神功」的名目自己從未聽見過，表妹居然知道，卻不知對是不對。

那大頭老者本來一張臉血也似紅，突然之間，變得全無血色，但立即又變成紅色，笑道：「小娃娃胡說八道，你懂得甚麼？『五斗米神功』損人利己，陰狠險毒，難道是我這種人練的麼？但你居然叫得出老爺爺的姓來，總算很不容易的了。」

王語嫣聽他如此說，已知自己猜對了，不過他不肯承認而已，便道：「海南島五指山赤燄洞端木洞主，江湖上誰人不知，那個不曉？端木洞主這功夫原來不是『五斗米神功』，那麼想必是從『地火功』中化出來的一門神妙功夫了。」

「地火功」是赤燄洞一派的基本功夫。赤燄洞一派的宗主都複姓端木，這大頭老者名叫端木元，聽得王語嫣說出了自己的身分來歷，卻偏偏給自己掩飾「五斗米神功」，對她頓生好感，何況赤燄洞在江湖上只是藉藉無名的一個小派，在她口中居然成了「誰人不知，那個不曉」，更加高興，便即笑道：「不錯，不錯，這是地火功中的一項雕蟲小技。老夫有言在先，姑娘既道出了寶門，我便不來難爲你了。」

忽聽得遠處一人叫道：「姑蘇慕容，名不虛傳！」慕容復舉手道：「貽笑方家，愧不敢當！」便在此時，一道金光、一道銀光從左首電也似的射來，破空聲甚是凌厲。慕容復不敢怠慢，雙袖鼓風，迎了上去，蓬的一聲巨響，金光銀光倒捲了回去。這時方才看清，卻是兩條長長的帶子，一條金色，一條銀色。

帶子盡頭處站著二人，都是老翁，使金帶的身穿銀袍，使銀帶的身穿金袍。金銀之色閃耀燦爛，華麗之極，這等金銀色的袍子常人決不穿著，倒像是戲台上的人物一般。穿銀袍的老人說道：「佩服，佩服，再接咱兄弟一招！」金光閃動，金帶自左方遊動而至，銀帶卻一抖向天，再從上空落下，逕襲慕容復的上盤。

慕容復道：「兩位前輩……」他只說了四個字，突然間呼呼聲響，三柄長刀著地捲來。三人使動地堂刀功夫，襲向慕容復下盤。

慕容復上方、前方、左側同時三處受攻，心想：「對方號稱是三十六洞洞主、七十二島島主，人多勢衆，混戰下去，若不讓他們知道厲害，如何方了？」見三柄長刀著地掠來，當即踢出三腳，每一腳都正中敵人手腕，白光閃動，三柄刀都飛了上天。慕容復身形略側，右手橫掠，使出「斗轉星移」功夫，撥動金帶帶頭，啪的一聲響，金帶和銀帶已纏在一起。

使地堂刀的三人單刀脫手，更不退後，嗬嗬發喊，張臂便來抱慕容復的雙腿。慕容復足尖起處，勢如飄風般接連踢中了三人胸口穴道。驀地裏一個長臂長腿的黑衣人越衆而前，張開蒲扇般的大手，向慕容復拍來。慕容復見這人身手沉穩老辣，武功顯然比其餘諸人爲強，心道：「此人當是衆人的首領，先得制住此人，才好說話。」

他躍起身來，越過橫臥地下的三人，右掌拍出，逕襲黑衣人。那人一聲冷笑，橫刀當胸，身前綠光閃閃，竟是一柄厚背薄刃、鋒銳異常的鬼頭刀，刀口向外。慕容復這掌倘若猛力拍落，那是硬生生將自己手腕切斷了。他逕不收招，待手掌離刃口約有二寸，突然改拍爲掠，手掌順著刃口一抹而下，逕削黑衣人抓著刀柄的手指。

他掌緣上布滿了眞氣，鋒銳實不亞於鬼頭刀，削上了也有切指斷臂之功。那黑衣人出其不意，「咦」的一聲，忙鬆手放刀，翻掌相迎，啪的一聲，兩人對了一掌。黑衣人又「咦」的一聲，身子晃動，向後躍開丈餘。慕容復翻掌抓住鬼頭刀，鼻中聞到一陣腥臭，幾欲作嘔，情知刀上餵有劇毒，邪門險惡之至。

他雖在一招間奪到敵人兵刃，但見敵方七八人各挺兵刃，攔在黑衣人之前相護，適才和那黑衣人對掌，覺他功力雖較自己略有不如，但另有一種詭異處，奪到鋼刀，只不過攻了他個出其不意，當眞動手相鬥，也非片刻間便能取勝。當此情勢，須得逞技立威，再求脫身而去，猛然間發一聲喊，舞動鬼頭刀，衝入人叢。

只聽得衆人叫道：「大家小心了！此人手中拿的是『綠波香露刀』，別給他砍中了。」「啊喲，烏老大的『綠波香露刀』給這小子奪了去，可大大的不妙！」

慕容復舞刀而前，只見和尙道士、醜漢美婦，各種各樣人等紛紛辟易，臉上均有驚恐之色，料想這柄鬼頭刀大有來歷，但明明臭得厲害，偏偏叫甚麼「香露刀」，眞是好笑，又想：「我將毒刀舞了開來，將這些洞主、島主殺他十個八個倒也不難，只是無怨無仇，何必多傷人命？」他雖舞刀揮劈，卻不殺傷人命，遇有機緣便點倒一個，踢倒兩個。

那些人初時甚爲驚恐，待見他刀上威力不大，便定了下來，霎時之間，長劍短戟，軟鞭硬牌，四面紛紛進襲，十多人將他圍在垓心，外面重重疊疊圍著的更不下三四百人。

再鬥片刻，慕容復尋思：「這般鬥將下去，如何了局？看來非下殺手不可。」刀法驟緊，砰砰兩聲，以刀柄撞暈了兩人。忽聽得鄧百川叫道：「下流東西，不可驚擾了姑娘！」慕容復斜眼瞥去，見兩人縱身躍起，去攻擊躲在松樹上的王語嫣。鄧百川飛步去救，出掌截住。

慕容復心下稍寬，卻見又有三人躍向樹上，登時明白了這些人的主意：「他們鬥我不下，便想擒獲表妹，作爲要脅，當眞無恥之極。」但自己給衆人纏住了，沒法分身，眼見兩個女子抓住王語嫣的手臂，從樹上躍下。一個頭帶金環的長髮頭陀手挺戒刀，橫架在王語嫣頸中，叫道：「慕容小子，你若不投降，我可要將你相好的砍了！」

慕容復一呆，心想：「這些傢伙邪惡無比，當眞加害表妹，如何是好？但我姑蘇慕容氏縱橫武林，豈有向人投降之理？今日一降，日後怎生做人？」心中猶豫，手上卻絲毫不緩，左掌呼呼兩掌帕出，將兩名敵人擊得飛出丈餘。

那頭陀又叫：「你當眞不降，我可要將這如花似玉的腦袋切下來啦！」戒刀連晃，刀鋒青光閃動。

驀地裏風聲響動，兩個青衫客竄縱而至，兩條軟鞭同時擊到，定睛看時，兩條軟鞭竟是活蛇。

三四　風驟緊　縹緲峯頭雲亂

猛聽得山腰裏一人叫道：「使不得，千萬不可傷了王姑娘，我向你投降便是。」一個灰影如飛般趕來，腳下輕靈之極。站在外圍的數人齊聲呼叱，上前攔阻，卻給他東一拐，西一閃，避過了衆人，撲到面前。王語嫣在火光下看得明白，卻是段譽。

只聽他叫道：「要投降還不容易？爲了王姑娘，你要我投降一千次、一萬次也成。」奔到那頭陀面前，叫道：「喂，喂，大家快放手，捉住王姑娘幹甚麼？」

王語嫣知他武功時有時無，無時多，有時少，卻這般不顧性命的前來相救，心下感激，顫聲道：「段……段公子，是你？」段譽喜道：「是我，是我！」

那頭陀罵道：「你……你是甚麼東西？」段譽道：「我是人，怎麼是東西？」那頭陀反手一拳，啪的一聲，打在段譽下頦。段譽立足不定，一交往左便倒，額頭撞上一塊巖石，登時鮮血長流。

那頭陀見他奔來的輕功，只道他武功甚強，反手這一拳虛招，原沒想能打到他，這拳打過之後，右手戒刀連進三招，那才是眞正殺手之所在，不料左拳虛晃一招，便將他打倒，反而呆了，同時段譽內力反震，也令他左臂隱隱酸痲，幸好他這拳打得甚輕，反震之力也就不強。他見慕容復仍在來往衝殺，又即大呼：「慕容小子，你再不住手投降，我眞要砍去這小妞兒的腦袋了。老佛爺說一是一，決不騙人，你降是不降？」

慕容復好生爲難，他決不忍心王語嫣命喪邪徒之手，但「姑蘇慕容」這四字尊貴無比，決不能受人要脅，向旁門左道之士投降，從此成爲話柄，在江湖上爲人恥笑，何況這一投降，多半連自己性命也送了。他大聲叫道：「賊頭陀，你要公子爺認輸，那可千難萬難。你只要傷了這姑娘一根毫毛，我不將你碎屍萬段，誓不爲人！」說著向王語嫣衝去，但二十餘人各挺兵刃左刺右擊，前攔後襲，一時又怎衝得過去？

那頭陀怒道：「我偏將這小妞兒殺了，瞧你又拿老佛爺如何？」說著舉起戒刀，呼的一聲，便向王語嫣頸中揮去。抓住王語嫣手臂的兩個女子恐遭波及，忙鬆手躍開。

段譽掙扎著正要從地上爬起，左手掩住額頭傷口，神情甚爲狼狽，眼見那頭陀當眞揮刀砍殺王語嫣，而她卻站著不動，不知是嚇得呆了，還是給人點了穴道，竟不會閃避。段譽這一急自然非同小可，手指疾揚，情急之下，自然而然的眞氣充沛，使出了

「六脈神劍」功夫，嗤嗤聲響過去，噹的一聲，勁力撞正戒刀，將之擊落。

段譽急衝搶前，反手將王語嫣負在背上，叫道：「逃命要緊！」

那頭陀在地下抄起戒刀，猛吼一聲，向段譽砍去。段譽大驚，右手急指，嗤一聲響，一招「商陽劍」刺在刀上，戒刀一震，又跌落下來。他展開「凌波微步」，疾向外衝。

眾人大聲吶喊，搶上阻攔。但段譽左斜右歪，彎彎曲曲的衝了出去。眾洞主、島主兵刃拳腳紛紛往他身上招呼，他身子疾閃，來招盡數不中。

這些日子來，他心中所想，便只是個王語嫣，夢中所見，也只是個王語嫣。那晚在客店中與范驊、巴天石等人談了一陣，便即就寢，滿腦子都是王語嫣，卻如何睡得著？半夜裏乘眾人不覺，悄悄偷出客店，循著慕容復、王語嫣一行離去的方向，追將下來。慕容復和丁春秋一番劇鬥之後，伴著鄧百川等在客店中養傷數日，段譽毫不費力的便追上了。他藏身在客店的另一間房中，不出房門一步，自覺與王語嫣相去不過數丈，心下喜慰不勝。及至慕容復、王語嫣等出店上道，他又遠遠跟隨。

一路之上，他也不知對自己說了多少次：「我跟了這里路後，萬萬不可再跟。段譽啊段譽，你陷溺不能自拔，當眞枉讀詩書了。須知懸崖勒馬，回頭是岸，務須揮慧劍，斬情絲，否則這一生可就白白斷送了。佛經有云：『當觀色無常，則生厭離，喜貪盡，則心解脫。色無常，無常即苦，苦即非我。厭於色，厭故不樂，不樂故得解脫。』」

但要他觀王語嫣之「色」爲「無常」，而生「厭離」，卻如何能夠？他腳步輕快之極，遠遠躡在王語嫣身後，居然沒給慕容復、包不同等發覺。王語嫣上樹、慕容復迎敵等情，他都遙遙望見，待那頭陀要殺王語嫣，他自然挺身而出，甘願代慕容復「投降」，偏偏對方不肯「受降」。

片刻之間，段譽已負了王語嫣衝出重圍，唯恐有人追來，直奔出數百丈，這才停步，舒了口氣，將她放下。王語嫣臉上一紅，道：「不，不，段公子，我給人點了穴道，站立不住。」段譽扶住她肩頭，道：「是！你教我解穴，我來給你解開。」王語嫣臉上更紅了，忸怩道：「不，不用！過得一時三刻，穴道自解，你不必給我解穴。」她知要解自己被點穴道，須得在「神封穴」上推宮過血，「神封穴」是在胸前乳旁，極是不便。

段譽不明其理，說道：「此地危險，不能久耽，我還是先給你解開穴道，再謀脫身的爲是。」王語嫣紅著臉道：「不好！」一抬頭，見慕容復與鄧百川等仍在人叢之中衝殺，她掛念表哥，急道：「段公子，我表哥給人圍住了，咱們須得去救他出來。」

段譽胸口一酸，知她心念所繫，只在慕容公子一人，突然間萬念俱灰，心道：「此番相思，總是沒個了局，段譽今日全她心願，爲慕容復而死，也就罷了。」說道：「很好！你等在這裏，我去救他。」

王語嫣道：「不，不成！你不會武功，怎麼能去救人？」

段譽微笑道：「剛才我不是將你背了出來麼？」王語嫣深知他的「六脈神劍」時靈時不靈，不能收發由心，說道：「剛才運氣好，你……你念著我的安危，六脈神劍使了出來。你對我表哥，未必能像對我一般，只怕……只怕……」段譽道：「你不用躭心，我對你表哥也如對你一般便了。」王語嫣搖頭道：「段公子，那太冒險，不成的。」段譽胸口一挺，說道：「王姑娘，只要你叫我去冒險，萬死不辭。」王語嫣臉上又是一紅，低聲道：「你對我這般好，當眞不敢當。」

段譽大是高興，道：「怎麼不敢當？敢當的，敢當的！」但覺意氣風發，便欲衝入戰陣。王語嫣道：「段公子，我動彈不得，你去後沒人照料，要是有壞人來害我……」段譽轉過身來，搔了搔頭道：「這個……嗯……這個……」王語嫣本意是要他再負了自己，過去相助慕容復，只是這句話說來太羞人，不便出口。她盼段譽會意，段譽卻偏偏不懂，只見他搔頭頓足，甚是爲難。

耳聽得吶喊之聲轉盛，乒乒乓乓，乒刃相交之聲大作，慕容復等人鬥得更加緊了。王語嫣知敵人厲害，甚是焦急，當下顧不得害羞，低聲道：「段公子，勞你駕再……再背負我一陣，咱們同去救我表哥，那就……那就……」段譽恍然大悟，頓足道：「是極，是極！蠢才，蠢才！我怎想不到？」蹲下身來，又將她負在背上。

段譽初次背負她時，一心在救她脫險，全未思及其餘，這時再將她這軟綿綿的身子負在背上，兩手又鉤住了她雙腿，雖隔著層層衣衫，總也感到了她軟滑的肌膚，不由得心神蕩漾，隨即自責：「段譽啊段譽，這是甚麼時刻，你居然心起綺念，可真禽獸不如！人家是冰清玉潔、尊貴無比的姑娘，你心中生起半分不良念頭，便是褻瀆了她，該打，眞正該打！」提起手掌，在自己臉上重重打了兩下，放開腳步，向前疾奔。

王語嫣好生奇怪，問道：「段公子，你幹甚麼？」段譽本來誠實，再加對王語嫣敬若天人，更不敢相欺，說道：「慚愧之至，我心中起了對姑娘不敬的念頭，該打，該打！」王語嫣明白了他的意思，只羞得耳根子也都紅了。

便在此時，一個道士手持長劍，飛步搶來，叫道：「媽巴羔子的，這小子又來搗亂。」使招「毒龍出洞」，挺劍刺向段譽。段譽自然而然的使開「凌波微步」，閃身避開。王語嫣低聲道：「他第二劍從左側刺來，你先搶到他右側，在他『天宗穴』上拍一掌。」果然那道士一劍不中，第二劍「淸澈梅花」自左方刺到，段譽依著王語嫣的指點，搶到那道士右側，啪的一掌，正中「天宗穴」。這是那道士的罩門所在，段譽這一掌力道不重，卻已打得他口噴鮮血，撲地摔倒。

這道士剛給打倒，又有一名漢子搶到。王語嫣胸羅萬有，輕聲指點，段譽依法施爲，立時便將這漢子料理了。段譽見勝得輕易，王語嫣又在自己耳邊低聲囑咐，軟玉在背，香澤微聞，雖在性命相搏的險境，卻覺風光旖旎，實爲生平從所未歷的艷遇。

他又打倒兩人，距慕容復已不過二丈，驀地裏風聲響動，兩個身材矮小的青衫客竄縱而至，兩條軟鞭同時擊到。段譽滑步避開，忽見一條軟鞭在半空中一挺，反竄上來，撲向自己面門，靈動無比。王語嫣和段譽定睛看時，齊聲驚呼：「啊喲！」原來兩條軟鞭並非兵刃，竟是一對活蛇。段譽加快腳步，要搶過兩人，不料兩個青衫客步法迅捷之極，幾次都攔在身前，阻住去路。段譽連連發問：「王姑娘，怎麼辦？」

王語嫣於各家各派的兵刃拳腳，不知者可說極罕，但這兩條活蛇縱身而噬，決不依據那一家那一派的武功，要預料這兩條活蛇從那一個方位咬來，可就全然的無能爲力。再看兩個青衫客竄高伏低，姿式雖笨拙難看，卻快速無倫，這兩人乃是羌人，並未練過輕功，卻如虎豹一般的天生迅捷。

段譽閃避之際，接連遇險。王語嫣心想：「活蛇的招數猜它不透，擒賊擒王，須當打倒毒蛇主人。」可是兩個青衫客的身形步法全非照書搬演，出手跨步，便似尋常不會武功之人一般，任意所之，絕無章法，王語嫣要料到他們下一步跨向何處，下一招打向何方，那就爲難之極。她叫段譽打他們「期門穴」，點他們「曲泉穴」，說也奇怪，段譽手掌到處，他們立時便靈動之極的避開，機警矯捷，實是天生。

王語嫣尋思破敵，同時留心看著表哥，只聽得一陣陣慘叫呼喚聲此起彼伏，十餘人躺在地下，都是給慕容復以「借力打力」之法打倒了的。

烏老大縱聲發令，圍在慕容復身旁的衆人中退下了三個，換了三人上來。這三人都是好手，尤其一條矮漢膂力驚人，兩柄鋼錘使將開來，勁風呼呼，聲勢威猛。慕容復以香露刀擋了一招，只震得手臂隱隱發麻，再見他鋼錘打來，便即閃避，不敢硬接。

忽聽得王語嫣叫道：「表哥，使『金燈萬盞』，轉『披襟當風』。」慕容復素知表妹武學上的見識高明，當下更不多想，右手連畫三個圈子，刀光閃閃，幻出點點寒光，只「綠波香露刀」顏色發綠，化出來是「綠燈萬盞」，而不是「金燈萬盞」。

衆人發一聲喊，退後了幾步，便在此時，慕容復左袖拂出「披襟當風」，那矮子正好使一招「開天闢地」，雙錘指天劃地的猛擊過來。只聽得噹的一聲巨響，衆人耳中嗡嗡發響，那矮子左錘擊上自己右錘，右錘擊上自己左錘，火花四濺。他雙臂之力凌厲威猛，雙錘互擊，喀喇一聲響，雙臂臂骨自行震斷，登時暈倒在地。

慕容復乘機拍出兩掌，助包不同打退了兩個強敵。

段譽那一邊卻又起了變化。王語嫣關心慕容復，指點了兩招，但心無二用，對段譽身前的兩個敵人不免疏忽。段譽聽得她忽然去指點表哥，雖然身在己背，一顆心卻飛到慕容復身邊，霎時間胸口酸苦，腳下略慢，嗤嗤兩聲，兩條毒蛇撲將上來，同時咬住了他左臂。

王語嫣「啊」的一聲，叫道：「段公子，你……你……」段譽嘆道：「給毒蛇咬死，也是一樣的。王姑娘，日後你對你孫子說……」王語嫣見那兩條毒蛇渾身青黃相間，斑條鮮明，蛇頭奇扁，作三角之形，顯具劇毒，一時之間嚇得慌了，沒了主意。

忽然間兩條毒蛇身子一挺，跌落在地，登時僵斃。使蛇的兩個青衫客臉如土色，嘰哩咕嚕的說了幾句羌語，轉身便逃。這兩人自來養蛇拜蛇，見段譽毒蛇噬體非但不死，反而剋死了毒蛇，料想他必是蛇神，再也不敢停留，發足狂奔，落荒而走。

王語嫣不知段譽服食莽牯朱蛤後的神異，連問：「段公子，你怎麼了？你怎麼了？」段譽正自神傷，忽聽得她軟語關懷，殷殷相詢，不由得心花怒放，精神大振，只聽她又問：「那兩條毒蛇咬了你，覺得怎樣？」段譽道：「有些兒痛，不礙事，不礙事！」心想只要你對我關心，每天都給毒蛇咬上幾口，那是求之不得，當下邁開腳步，向慕容復身邊搶去。

忽聽得一個清朗的聲音從半空中傳了下來：「慕容公子，列位洞主、島主，各位無怨無仇，何苦如此狠鬥？」

眾人抬頭向聲音來處望去，只見一株樹頂上站著一個黑鬚道人，手握拂塵，著足處的樹枝一彈一沉，他便也依勢起伏，神情瀟洒。燈火照耀下見他約莫五十來歲年紀，臉露微笑，又道：「各位瞧貧道薄面，暫且罷鬥，慢慢再行分辨是非如何？」

慕容復見他露了這手輕功，已知此人武功甚爲了得，說道：「閣下出來排難解紛，再好也沒有了。在下這就罷鬥。」說著揮刀劃了個圈子，提刀而立，但覺右掌和右臂隱隱發脹，心想：「這使鋼錘的矮子好生了得，震得我兀自手臂酸麻。」

烏老大抬頭問道：「閣下尊姓大名？」那道人尚未回答，人叢中一個聲音道：「烏老大，這人是……是個……了不起……了不起的人物，他……他……他是蛟……蛟……蛟……」連說三個「蛟」字，始終沒能接續下去，此人口吃，心中一急，更一路「蛟」到底，接不下去。

烏老大驀地想起一人，大聲道：「他是蛟王……蛟王不平道人？」口吃者喜脫困境，有人將他塞在喉頭的話說了出來，忙道：「是……是……是啊，他……他……他是蛟……蛟……蛟……蛟……」說到這個「蛟」字，卻又卡住了。

烏老大不等他掙扎著說完，向樹頂道人拱手說道：「閣下便是名聞四海的不平道長嗎？久聞大名，如雷貫耳，幸會，幸會！」他說話之際，餘人都已停手罷鬥。

那道人微笑道：「豈敢，豈敢！江湖上都說貧道早已一命嗚呼，因此烏先生有些不信，是也不是？」說著縱身輕躍，從半空中冉冉而下。本來他雙足離開樹枝，自然會極快的墮向地面，但他手中拂塵急擺，激起一股勁風，拍向地下，生出反激，托住他身子緩緩而落，這拂塵上眞氣反激之力，委實厲害。

烏老大脫口叫道：「『憑虛臨風』，好輕功！」他叫聲甫歇，不平道人也已雙足著地，微微一笑，說道：「雙方衝突之起，純係誤會。何不看貧道的薄面，化敵爲友？」他語氣和藹，但自有一份威嚴，教人難以拒卻。

烏老大說道：「瞧著不平道長的金面，咱們非賣帳不可。」

不平道人微笑道：「烏先生，三十六洞洞主、七十二島島主在此相會，是爲了天山那個人的事麼？」烏老大臉上變色，隨即寧定，說道：「不平道長說甚麼話，在下可不大明白。我們衆家兄弟散處四方八面，難得見面，大家約齊了在此相聚，別無他意。不知如何，姑蘇慕容公子竟找上了我們，要跟大家過不去。」

慕容復道：「在下路過此間，實不知衆位高人在此聚會，多有得罪，這裏謝過了。」說著作個四方揖，又道：「不平道長出頭排難解紛，使得在下不致將禍事越鬧越大，在下十分感激。後會有期，就此別過。」他知三十六洞、七十二島一干旁門左道人物在此相聚，定有重大隱情，不平道人提起「天山那個人」，烏老大立即岔開話頭，顯然忌諱極大，自己再不抽身而退，未免太不識相，倒似有意窺探旁人隱私一般，當下抱拳拱手，轉身便走。

烏老大拱手還禮，道：「慕容公子，烏老大今日結識了你這號英雄人物，至感榮幸。青山不改，綠水長流，再見了。」言下之意，果是不願他在此多所逗留。

不平道人卻道：「烏老大，你知慕容公子是甚麼人？」烏老大一怔，道：「『北喬峯，南慕容』！武林中大名鼎鼎的姑蘇慕容氏，誰不知聞？今日一見，果然名不虛傳。」不平道人笑道：「那就是了。這樣的大人物，你們卻交臂失之，豈不可惜？平時想求慕容氏出手相助，當眞千難萬難，幸得慕容公子今日在此，你們卻不開口求懇，那不是入寶山而空手回麼？」烏老大道：「這個……這個……」語氣中頗爲躊躇。

不平道人哈哈一笑，說道：「慕容公子俠名播於天下，你們這一生受盡了縹緲峯靈鷲宮天山童姥……」

這「天山童姥」四字一出口，四周羣豪都不自禁的「哦」了一聲。這些聲音都顯得心情甚是激動，有的驚懼，有的憤怒，有的惶惑，有的慘痛，更有人退了幾步，身子發抖，直是怕得厲害。

慕容復暗暗奇怪：「天山童姥是甚麼人，竟令他們震怖如此？」又想：「今日所見之人，這不平道人、烏老大等都頗爲了得，我卻絲毫不知他們來歷，那『天山童姥』自是個更加了不起的人物，可見天下之大，而我的見聞殊屬有限。『姑蘇慕容』名揚四海，要保住這名頭，可著實不易。」言念及此，心下更增戒懼謹愼。

王語嫣沉吟道：「縹緲峯靈鷲宮天山童姥？那是甚麼門派？使的是甚麼武功家數？」

段譽對別人的話聽而不聞，王語嫣的一言一語，他卻無不聽得淸淸楚楚，登時想起在無量山的經歷，當日神農幫如何奉命來奪無量宮，「無量劍」如何改名「無量洞」，那身穿綠色斗篷、胸口繡有黑鷲的女子如何叫人將自己這個「小白臉」帶下山去，那都是出於「天山童姥」之命，可是王語嫣的疑問他卻回答不出，只說：「好厲害，好厲害！險些兒將我關到變成『老白臉』，到今日兀自不能脫身。」

王語嫣素知他說話前言不對後語，微微一笑，也不理會。

只聽不平道人續道：「各位受盡天山童姥的凌辱荼毒，實無生人樂趣，天下豪傑聞之，無不扼腕。各位這次奮起反抗，誰不願相助一臂之力？連貧道這等無能之輩，也願拔劍共襄義舉，慕容公子慷慨俠義，怎能袖手？」

烏老大苦笑道：「道長不知從何處得來訊息，那全是傳聞之誤。童婆婆嘛，她老人家對我們管束得嚴一點是有的，那也是爲了我們好。我們感恩懷德，怎說得上『反抗』二字？」

不平道人哈哈大笑，道：「如此說來，倒是貧道的多事了。慕容公子，咱們同上天山去跟童姥談談，便說三十六洞、七十二島的朋友們對她一片孝心，正商量著要給她老人家拜壽呢。」說著身形微動，已靠到了慕容復身邊。

人叢中有人驚呼：「烏老大，不能讓這牛鼻子走，洩露了機密，可不是玩的。」有人喝道：「連慕容小子也一併截下來。」一個粗壯的聲音叫道：「一不做，二不休，咱們今日甩出去啦！」只聽得嚓嚓、唰唰、嗆嗆，兵刃聲響成一片，各人本來已經收起的兵器又都拔了出來。

不平道人笑道：「你們想殺人滅口麼？只怕沒這麼容易。」突然提高聲音叫道：「芙蓉仙子，劍神老兄，這裏三十六洞洞主、七十二島島主陰謀反叛童姥，給我撞破了機關，要殺我滅口呢。這可不得了，救命哪，救命哪！不平老道今日可要鶴駕西歸啦！」聲音遠遠傳了出去，四下裏山谷鳴響。

不平道人話聲未息，西首山峯上一個冷峭傲慢的聲音遠遠傳來：「不平道兄，你逃得了便逃，逃不了便認命罷。童姥這些徒子徒孫難纏得緊，我最多不過給你通風報訊，要救你性命可沒這份能耐。」這聲音少說也在三四里外。

這人剛說完，北邊山峯上有個女子聲音清脆爽朗的響起：「牛鼻子，誰要你多管閒事？人家早就布置的妥妥貼貼，這一下發難，童姥可就倒足了大霉啦。我這便上天山去請問童姥，瞧她又有甚麼話說？」話聲比西首山峯上那男子相距更遠。

衆人一聽，盡皆神色大變，這兩人都在三四里外，無論如何追他們不上，顯然不平道人事先早就有了周密部署，遠處安排下接應。何況從話聲中聽來，那兩人都內功深湛，就算追上了，也未必能奈何得了他們。

烏老大更知道那男女兩人的來歷，提高聲音說道：「不平道長、劍神卓先生、芙蓉仙子三位，願意助我們解脫困苦，大家都感激之至。眞人面前不說假話，三位既然已知內情，再瞞也是無用，便請同來商議大計如何？」

那「劍神」笑道：「我們還是站得遠遠的瞧熱鬧爲妙，如有三長兩短，逃起命來也快些。趕這淌渾水，實在沒甚麼好處。」那女子道：「不錯，不平道友，我兩個給你把風，否則你給人亂刀分屍，沒人報訊，未免死得太冤。」

烏老大朗聲說道：「兩位取笑了。實在因爲對頭太強，我們是驚弓之鳥，行事不得不加倍小心。適才未能坦誠相告，這中間實有不得已的難處，還請三位原諒。」

慕容復與鄧百川對望一眼，均想：「這烏老大並非易與之輩，何況他們人多勢衆，卻對人如此低聲下氣，顯是爲了怕洩露消息。這不平道人與劍神、芙蓉仙子甚麼的，嘴裏說是拔刀相助，其實多半另有圖謀，咱們倒眞不用趕這淌渾水。」兩人點了點頭，鄧百川嘴角一歪，示意還是走路的爲是。慕容復道：「各位濟濟多士，便天大的難題也對付得了，何況更有不平道長等三位高手仗義相助，當世更有何人能敵？實無須在下在旁吶喊助威，礙手礙腳。告辭了！」

烏老大道：「且慢！這裏的事情既已揭破了，那是有關幾百人的生死大事。此間三十六洞、七十二島衆家兄弟，存亡榮辱，全繫於一線之間。慕容公子，我們不是信不過你，實因牽涉太大，不敢冒這奇險。」慕容復道：「閣下不許在下離去？」烏老大道：

「那可不敢。」包不同道：「甚麼童姥姥、童伯伯的，我們姑蘇慕容氏孤陋寡聞，今日還是首次聽聞，自然更無絲毫牽纏瓜葛。你們幹你們的，我們擔保不洩露片言隻字便是。姑蘇慕容是甚麼人，說過了的話，豈有不算數的？你們眞要硬留，恐怕也未必能夠，要留下我包不同容易，難道你們竟留得下慕容公子和那位段公子嗎？」

烏老大知他所說確是實情，尤其那段公子步法古怪，背上雖負了一個女子，走起路來卻猶如足不點地，輕飄飄的說過便過，誰也攔他不住；眼前自顧不暇，實不願再樹強敵，去得罪姑蘇慕容氏。他向不平道人望了一眼，臉有爲難之色，似在瞧他有甚麼主意。

不平道人說道：「烏老大，今日之事，但求非殺了你對頭不可。這一次殺她不了，那就甚麼都完了。慕容公子這樣的大幫手，到了眼前，你怎麼不請？」

烏老大一咬牙，下了決心，走到慕容復跟前深深一揖，說道：「慕容公子，三十六洞、七十二島的兄弟們數十年來受盡荼毒，過著非人的日子，這次甩出了性命，要幹掉那老魔頭，求你仗義援手，以解我們倒懸，大恩大德，永不敢忘！」他求慕容復相助，明明是迫於無奈，非出本心，但這幾句話卻顯然說得十分誠懇。

慕容復道：「諸位此間高手如雲，如何用得著在下……」他已想好了一番言語，要待一口拒絕，不欲捲入這個漩渦，突然間心念一動：「這烏老大說道『大恩大德，永不敢忘』，這三十六洞、七十二島之中，實不乏能人高手。我日後謀幹大事，只愁人少，不嫌人多，倘若今日我助他們一臂之力，緩急之際，自可邀他們出馬。這裏數百好手，實是一支精銳之師。」想到此節，當即轉口：「不過常言道得好，路見不平，拔刀相助，原是我輩武人的本份……」

烏老大聽他如此說，臉現喜色，道：「是啊，是啊！」

鄧百川連使眼色，示意慕容復急速抽身，他見這些人殊非良善之輩，與之交遊，有損無益。但慕容復只向他點了點頭，示意已明白他意思，續道：「在下見到諸位武功高強，慷慨仗義，心下欽佩，有心要結交這許多朋友。諸位殺敵誅惡，本來也不需在下相助，但既交上了眾位朋友，大夥兒今後禍福與共，患難相助，慕容復供各位差遣便了。」

眾人采聲雷動，紛紛鼓掌叫好。「姑蘇慕容」的名頭在武林中響亮之極，適才見到他出手，果然名下無虛，烏老大向他求助，原沒料想他能答允，只盼能擠得他立下重誓，決不洩露秘密，也就是了，豈知他竟一口答允，不但言語十分客氣，還說甚麼「大夥兒今後禍福與共，患難相助」，簡直是結成了生死之交，不禁驚喜交集。

鄧百川等四人卻均愕然。他們向來聽從慕容復的號令，即令事事喜歡反其道而行的包不同，對這位公子爺也決不說「非也非也」四字，均想：「公子爺答應援手，當然另有深意，只不過我一時不懂而已。」

王語嫣聽得表哥答允與衆人聯手，顯已化敵爲友，向段譽道：「段公子，他們不打了，你放我下來罷！」段譽一怔，道：「是，是，是！」雙膝微屈，將她放下。王語嫣粉頰微紅，低聲道：「多謝你了！」段譽嘆道：「唉，天長地久有時盡，此恨綿綿無絕期。」王語嫣道：「你說甚麼？在吟詩麼？」

段譽一驚，從幻想中醒轉，原來這頃刻之間，他心中已轉了無數念頭，想像自己將王語嫣放下地來之後，她隨慕容復而去，此後天涯海角，再無相見之日，自己飄泊江湖，數十年中鬱鬱寡歡，最後飲恨而終，所謂「天長地久有時盡，此恨綿綿無絕期」，便由此而發。他聽王語嫣問起，忙道：「沒甚麼，我……我……我在胡思亂想。」王語嫣隨即也明白了他吟這兩句詩的含意，臉上又是一紅，只想立時便走到慕容復身邊，苦於穴道未解，沒法移步。

不平道人道：「烏老大，恭喜恭喜，慕容公子肯出手相助，大事已成功了九成，別說慕容公子本人神功無敵，便他手下這位段相公，也是武林中難得一見的高人了。」他見段譽背負王語嫣，神色恭謹，只道與鄧百川等是一般身分，也是慕容復的下屬。

慕容復忙道：「這位段兄乃大理段家的名門高弟，在下對他好生相敬。段兄，請過來與這幾位朋友見見如何？」

段譽站在王語嫣身邊，斜眼偷窺，香澤微聞，雖不敢直視她臉，但瞧著她白玉般的小手，也已心滿意足，更無他求，全沒聽見慕容復的呼喚。

慕容復又叫：「段兄，請來見見這幾位好朋友。」他一心籠絡江湖英豪，便對段譽也已不再如昔日的倨傲。但段譽眼中所見，只是王語嫣的一雙手掌，十指尖尖，柔滑如凝脂，怎還聽得見旁人的叫喚？

王語嫣道：「段公子，我表哥叫你呢！」她這句話段譽立時便聽見了，忙道：「是，是！他叫我幹麼？」王語嫣道：「表哥說，請你過去見見幾位新朋友。」段譽不願離開她身畔，道：「那你去不去？」王語嫣給他問得發窘，道：「他們要見你，不是見我。」段譽道：「你不去，那我也不去。」

不平道人雖見段譽步法特異，也沒當他是如何了不起的人物，聽到他和王語嫣的對答，不知他是一片痴心，除了眼前這位姑娘之外，於普天下億萬人都視而不見，還道他輕視自己，不願過來相見，不禁心下惱怒。

王語嫣見衆人的眼光都望著段譽和自己，不由得發窘，更恐表哥誤會，叫道：「表哥，我給人點了穴道，你……你來扶我一把。」慕容復卻不願在衆目睽睽之下顯示兒女私情，說道：「鄧大哥，請你照料一下王姑娘。段兄，請到這邊來如何？」

王語嫣道：「段公子，我表哥請你去，你便去罷。」段譽聽她叫慕容復相扶，顯是對自己大爲見外，霎時間心下酸苦，迷迷惘惘的向慕容復走去。

慕容復道：「段兄，我給你引見幾位高人，這位是不平道長，這位是烏先生。」

段譽道：「是！是！」心中卻想：「我明明站在她身邊，她爲甚麼不叫我扶，卻叫表哥來扶？由是觀之，她適才要我背負，不過危急之際一時從權，倘若她表哥能夠背負她，她自是要表哥背負，決不許我碰到她身子。」又想：「她如能伏在表哥身上，自必心花怒放。甚至鄧百川、包不同這些人，是她表哥下屬，在她心目中也比我親近得多。我呢？我和她無親無故，萍水相逢，只是個毫不足道的陌生人，她怎會將我放在心上？她許我瞧她幾眼，肯將這剪水雙瞳在我微賤的身上掃上幾掃，已是我天大的福份了。她多半還是把我當成她家園子裏的一名花匠，我如再有他想，只怕眼前這福報立時便即享盡……唉，她是再也不願我伸手扶她的了。」

不平道人和烏老大見他雙目無神，望著空處，對慕容復的引見聽而不聞，再加雙眉緊蹙，滿臉愁容，顯是不願與自己相見。不平道人笑道：「幸會，幸會！」伸出手來，拉住了段譽右手。烏老大隨即會意，一翻手掌，扣住了段譽左手。烏老大的功夫十分霸道，一出手便劍拔弩張，不似不平道人那樣，雖然用意相同，也是要叫段譽吃些苦頭，卻做得不露絲毫痕跡，顯得十分親熱。

兩人一拉住段譽的手，四掌掌心勞宮穴相貼，魚腹穴相對，魚際、少府、少衝各穴中經脈俱動。不平道人頃刻之間便覺體內眞氣迅速向外宣洩，不由得大吃一驚，急忙摔手。但此時段譽內力已深厚之極，竟將不平道人的手掌黏住了，北冥神功既已引動，吸取對方的內力越來越快。烏老大一抓住段譽手掌，便運內勁使出毒掌功夫，要段譽渾身痲癢難當，出聲求饒，才將解藥給他。不料段譽服食莽牯朱蛤後百毒不侵，烏老大掌心毒質對他全無損害，眞氣內力卻也是飛快的給他吸了過去。烏老大大叫：「喂，喂，你……你使『化功大法』！」

段譽兀自書空咄咄，自怨自嘆：「她不要我相扶，我生於天地之間，更有甚麼生人樂趣？我不如回去大理，從此不再見她。唉，不如到天龍寺去，出家做了和尚，皈依枯榮大師座下，每日裏觀身不淨，作青瘀想，作膿血想，從此六根淸淨，一塵不染……」

慕容復不知段譽武功的眞相，見不平道人與烏老大齊受困厄，臉色大變，只道段譽存心反擊，忙抓住不平道人的背心急扯，眞力疾衝即收，擋住北冥神功的吸力，將他扯開了，同時叫道：「段兄，手下留情！」

段譽一驚，從幻想中醒了過來，當即以伯父段正明所授心法，凝收神功。

烏老大正自全力向外拉扯，突然掌心一鬆，脫出對方黏引，一個踉蹌，向後連退幾步，這才站住，不由得面紅過耳，又驚又怒，一疊連聲的叫道：「化功大法，化功大法！」不平道人見識較廣，察覺段譽吸取自己內力的功夫，似與江湖上惡名昭彰的「化功大法」頗爲不同，至於到底是一是二，他沒吃過化功大法的苦頭，卻也說不上來。

段譽這北冥神功給人疑爲化功大法，早已有過多次，微笑道：「星宿老怪丁春秋卑鄙齷齪，我怎能去學他的臭功夫？你當眞太無見識……唉，唉，唉！」他本來在取笑烏老大，忽然又想起王語嫣將自己視若路人，自己卻對她神魂顚倒，說到「太無見識」四字，自己比之烏老大可猶勝萬倍，不由得連嘆了三口長氣。

慕容復道：「這位段兄是大理段氏嫡系，人家名門正派，一陽指與六脈神劍功夫天下無雙無對，怎能跟星宿派丁老怪相提並論？」

他說到這裏，只覺右手的手掌與臂膀越來越腫脹，顯然並非由於與那矮子的雙錘碰撞之故，心下驚疑不定，提起手來，見手背上隱隱發綠，鼻中又聞到一股腥臭，立時省悟：「啊，是了，我手臂受了這綠波香露刀的蒸薰，毒氣侵入了肌膚。」當即橫過刀來，刀背向外，刃鋒向著自己，對烏老大道：「烏先生，尊器奉還，多多得罪。」

烏老大伸手來接，卻不見慕容復放開刀柄，一怔之下，笑道：「這把刀有點兒古怪，多有得罪了。」從懷中取出一個小瓶，打開瓶塞，倒出些粉末，放在掌心中，反手按上慕容復的手背。頃刻間藥透肌膚，慕容復只感到手掌與臂膀間一陣清涼，情知解藥已然生效，微微一笑，將鬼頭刀送了過去。

烏老大接過大刀，向段譽道：「這位段兄跟我們到底是友是敵？若是朋友，便當推心置腹，好讓在下坦誠奉告實情。若是敵人，你武功雖高，說不得只好決一死戰了。」

說著斜眼相視，神色凜然。

段譽為情所困，那裏有烏老大半分的英雄氣概？垂頭喪氣的道：「我自己的煩惱多得不得了，推不開，解不了，怎有心緒去理會旁人閒事？我既不是你朋友，更不是你對頭。你們的事我幫不了忙，可也決不會來搗亂。唉，我是千古傷心人，念天地之悠悠，獨愴然而涕下。知我者謂我心憂，不知我者謂我何求？江湖上的鷄蟲得失，我段譽那放在心上？」

不平道人見他瘋瘋顛顛，喃喃自語，但每說一兩句話，便偷眼去瞧王語嫣的顏色，已猜到了八九分，提高聲音向王語嫣道：「王姑娘，令表兄慕容公子已答應仗義援手，與我們共襄義舉，想必姑娘也是參與的了？」王語嫣道：「是啊，我表哥跟你們在一起，我自然也跟隨道長之後，以附驥末。」不平道人微笑道：「豈敢！王姑娘太客氣了。」一轉頭向段譽道：「慕容公子跟我們在一起，王姑娘也跟我們在一起。段公子，倘若你也肯參與，大夥兒自是十分感激。但如公子無意，就請自便如何？」說著右手一舉，作送客之狀。

烏老大道：「這個……只怕不妥……」心中大大的不以為然，生怕段譽一走，便洩露了機密，手中緊緊握住鬼頭刀，只等段譽一邁步，便要上前阻攔。

只見段譽踱步兜了個圈子，說道：「你叫我請便，卻叫我到那裏去？天地雖大，何處是我段譽安身之所？我……我……我是無處可去的了。」不平道人微笑道：「既然如此，段公子便跟大夥兒在一起好啦。事到臨頭之際，你不妨袖手旁觀，兩不相助。」

烏老大猶有疑慮之意，不平道人向他使個眼色，說道：「烏老大，你做事忒也把細了。來，來，來！這裏三十六洞洞主、七十二島島主，貧道大半久仰大名，卻從未見過面。此後大夥兒敵愾同仇，你該當給慕容公子、段公子，和貧道引見引見。」

烏老大道：「原當如此。」當下傳呼衆人姓名，一個個的引見。這些人雄霸一方，相互間卻也大半不識，烏老大給慕容復等引見之時，旁邊往往有人叫出聲來：「啊，原來他便是某某洞洞主。」或者輕聲說：「某某島主威名遠震，想不到是這等模樣。」慕容復暗暗納罕：「這些人怎麼相互間竟然不識？似乎他們今晚也是初次見面。」

這些洞主島主之中，有四人適才在混戰中爲慕容復所殺，這四人的下屬見到慕容復時，自是氣憤恨惡。慕容復朗聲道：「在下失手誤傷貴方數位朋友，好生過意不去，今後自當盡力，以補前愆。但若有那一位朋友當眞不肯見諒，此刻共禦外敵，咱們只好把仇怨擱在一邊，待大事一了，儘管到蘇州燕子塢來尋在下，作個了斷便了。」

烏老大道：「這話是極。慕容公子快人快語！在這兒的衆兄弟們，相互間也未始沒有怨仇，然而大敵當前，各人的小小嫌隙都須拋開。倘若有那一位目光短淺，不理會大事，卻來乘機報復私怨，那便如何？」

人羣中多人紛紛說道：「那便是害羣之馬，大夥兒先將他清洗出去。」「要是對付不了天山那老太婆，大夥兒盡數性命難保，還有甚麼私怨之可言？」「覆巢之下，焉有完卵？烏老大、慕容公子，你們儘管放心，誰也不會這般愚蠢。」

慕容復道：「那好得很，在下當衆謝過了。不知各位對在下有何差遣，便請示下。」

不平道人道：「烏老大，大家共參大事，便須同舟共濟。你是大夥兒帶頭的，天山童姥的事，相煩你說給我們聽聽，這老婆子到底有甚麼厲害之處，有甚麼驚人的本領，讓貧道也好有個防備，免得身首異處之時，還懵然不知。」

烏老大道：「好！各位洞主、島主這次相推在下暫行主持大計，姓烏的才疏學淺，原不能擔當重任，幸好慕容公子、不平道長、劍神卓先生、芙蓉仙子諸位共襄義舉，在下的擔子便輕得多了。」他對段譽猶有餘憤，不提「段公子」三字。

人羣中有人說道：「客氣話嘛，便省了罷！」又有人道：「你奶奶的，咱們白刀子進，紅刀子出，性命關頭，還說這些空話，不是拿人來消遣嗎？」

烏老大笑道：「洪兄弟一出口便粗俗不堪。海馬島欽島主，相煩你在東南方把守，若有敵人前來窺探，便發訊號。紫巖洞霍洞主，相煩你在正西方把守……」一連派出八位高手，把守八個方位。那八人各各應諾，帶領部屬，分別奔出守望。

慕容復心想：「這八位洞主、島主，看來個個是桀傲不馴、陰鷙兇悍的人物，今日居然都接受烏老大的號令，人人均有戒愼恐懼的神氣，可見所謀者大，而對頭又實在令他們怕到了極處。我答應和他們聯手，只怕這件事眞的頗爲棘手。」

烏老大待出去守望的八路人衆走遠，說道：「各位請就地坐下罷，由在下述說我們的苦衷。」

包不同突然揷口：「你們這些人物，殺人放火、下毒擄掠，有如家常便飯，個個惡狠狠、兇霸霸，那會有甚麼苦衷？『苦衷』兩字竟出於老兄之口，不通啊不通！」慕容復道：「包三哥，請靜聽烏洞主述說，別打斷他話頭。」包不同嘰咕道：「我聽得人家說話欠通，忍不住便要直言談相。」他話是這麼說，但既然慕容復吩咐了，便也不再多言。

烏老大臉露苦笑，說道：「包兄所言本是不錯。姓烏的雖本領低微，但生就了一副倔強脾氣，只有我去欺人，決不容人家欺我，那知道，唉！」

烏老大一聲嘆息，突然身旁一人也是「唉」的一聲長嘆，悲涼之意，卻強得多了。衆人齊向嘆聲所發處望去，只見段譽雙手反背在後，仰天望月，長聲吟道：「月出皎兮，佼人僚兮，舒窈糾兮，勞心悄兮！」他吟的是《詩經》中〈月出〉之一章，意思說月光皎潔，美人娉婷，我心中愁思難舒，不由得憂心悄悄。四周大都是不學無術的武人，怎懂得他的詩云子曰？都向他怒目而視，怪他打斷烏老大的話頭。

王語嫣自是懂得他的本意，生怕表哥見怪，偷眼向慕容復瞥去，見他正全神貫注的凝視烏老大，全沒留意段譽吟詩，這才放心。

烏老大道：「慕容公子和不平道長等諸位此刻已不是外人，說出來也不怕列位見笑。我們三十六洞洞主、七十二島島主，有的僻居荒山，有的雄霸海島，似乎好生逍遙自在，其實個個受天山童姥的約束。老實說，我們都是她的奴隸。每一年之中，她總有一兩次派人前來，將我們訓斥一頓，罵得狗血淋頭，眞不是活人能受的。你說我們聽她痛罵，心中一定很氣憤了罷？卻又不然，她派來的人越罵得厲害，我們越高興……」包不同忍不住插口道：「這就奇了！這豈不是犯賤？」

烏老大道：「包兄有所不知，童姥派來的人倘若狠狠責罵一頓，我們這一年的難關就算過了，洞中島上總要大宴數日，歡慶平安。唉，做人做到這般模樣，果然是賤得很了。童姥派來的使者若不是大罵我們孫子王八蛋，不罵我們的十八代祖宗，以後的日子就不好過了。要知道她如不是派人來罵，就會派人來打，運氣好的，是三十下大棍，只要不打斷腿，多半也要設宴慶祝。」

包不同和風波惡相視而嘻，兩人極力克制，才不笑出聲來，給人痛打數十棍，居然還要擺酒慶祝，那可眞是千古未有之奇，但聽烏老大語聲淒慘，四周衆人又都紛紛切齒咒罵，料來此事不假。

段譽全心所注，本來只王語嫣一人，但他目光向王語嫣看去之時，見她留神傾聽烏老大的說話，便也因她之聽而聽，只聽得幾句，忍不住雙掌一拍，說道：「豈有此理！這天山童姥到底是神是仙？是妖是怪？如此橫行霸道，那不是欺人太甚嗎？」

烏老大道：「段公子此言甚是。這童姥欺壓於我等，將我們虐待得連豬狗也不如。倘若她不命人前來用大棍子打屁股，那麼往往用蟒鞭抽擊背脊，再不然便是在我們背上釘幾枚釘子。司馬島主，你受蟒鞭責打的傷痕，請你給列位朋友瞧瞧。」

一個骨瘦如柴的老者道：「慚愧，慚愧！」解開衣衫，露出背上縱三條、橫三條，縱橫交錯六條鮮紅色印痕，令人一見之下便覺噁心，想像這老者身受之時，一定痛楚之極。一條黑漢子大聲道：「那算得甚麼？請看我背上的附骨釘。」解開衣衫，只見三枚大鐵釘，釘在他背心，釘上生了黃鏽，顯然爲時已久，不知如何，這黑漢子竟不設法取出。又有一個僧人啞聲說道：「于洞主身受之慘，只怕還不及小僧！」伸手解開僧袍。衆人見他頸邊琵琶骨中穿了一條細長鐵鏈，鐵鍊通將下去，又穿過他的腕骨。他手腕只須輕輕一動，便即牽動琵琶骨，疼痛可想而知。

段譽怒極，大叫：「反了，反了！天下竟有如此陰險狠惡的人物。烏老大，段譽決意相助，大夥兒齊心合力，爲武林中除去這個大害。」

烏老大道：「多謝段公子仗義相助。」轉頭向慕容復道：「我們在此聚會之人，沒一個不曾受過童姥的欺壓荼毒。我們說甚麼『萬仙大會』，那是往自己臉上貼金，說是『百鬼大會』，這才名副其實了。我們這些年來所過的日子，只怕在阿鼻地獄中受苦的鬼魂也不過如此。往昔大家怕她手段厲害，只好忍氣吞聲的苦渡光陰，幸好老天爺有眼，這老賊婆橫蠻一世，也有倒霉的時候。」

慕容復道：「各位爲天山童姥所制，難以反抗，是否這老婦武功絕頂高強，是否和她動手，每次都不免落敗？」烏老大道：「老賊婆的武功，當然厲害得緊。只是到底如何高明，卻誰也不知。」慕容復道：「深不可測？」烏老大點頭道：「深不可測！」慕容復問道：「你說這老婦終於也有倒霉的時候，卻是如何？」

烏老大雙眉一揚，精神大振，說道：「衆兄弟今日在此聚會，便是爲此了。今年五月初二，在下與天風洞安洞主、海馬島欽島主等九人輪値供奉，採辦了珍珠寶貝、綾羅綢緞、山珍海味、胭脂花粉等物，送上天山縹緲峯……」包不同哈哈一笑，問道：「這老太婆說是個姥姥，怎麼還用胭脂花粉？」烏老大道：「老賊婆年紀已大，但她手下侍女僕婦爲數不少，其中的年輕婦女是要用胭脂花粉的。只不過峯上沒一個男子，不知她們打扮了又給誰看？」包不同笑道：「想來是給你看的。」

烏老大正色道：「包兄取笑了。咱們上縹緲峯去，個個給黑布蒙住了眼，聞聲而不見物，縹緲峯中那些人是美是醜，是老是少，向來誰也不知。」慕容復道：「如此說來，天山童姥到底是何等樣人，你們也從來沒見到過？」

烏老大嘆了口氣，道：「倒也有人見到過的。不過見到她的人可就慘了。那是在二十三年之前，有人大著膽子，偷偷拉開蒙眼的黑布，向那老賊婆望了一眼，還沒來得及將黑布蓋上眼，便給老賊婆刺瞎了雙眼，又割去了舌頭，斬斷了雙臂。」慕容復問道：「刺瞎眼睛，那也罷了，割舌斷臂，卻又如何？」烏老大道：「想是不許他向人洩漏這老賊婆的形相，割舌叫他不能說話，斷臂叫他不能寫字。」

包不同伸了伸舌頭，道：「渾蛋，渾蛋！厲害，厲害！」

烏老大道：「我和安洞主、欽島主等上縹緲峯之時，九個人都怕得要命。老賊婆三年前囑咐要齊備的藥物，實在有幾樣太難得，像三百年海龜的龜蛋、五尺長的鹿角，說甚麼也找不到。我們未能完全依照囑咐備妥，料想這一次責罰必重。那知九個人戰戰兢兢的繳了物品，老賊婆派人傳話出來，說道：『採購的物品也還罷了，九個孫子王八蛋，快快給我夾了尾巴，滾下峯去罷。』我們便如遇到皇恩大赦，當真大喜過望，立即下峯，都想早走一刻好一刻，別要老賊婆發覺物品不對，追究起來，這罪可就受得大了。九個人來到縹緲峯下，拉開蒙眼的黑布，只見山峯下死了三個人。其中一個，安洞主識得是西夏國一品堂的高手，名叫九翼道人。」

不平道人「哦」了一聲，道：「九翼道人原來是老賊婆殺的，江湖上卻都說是姑蘇慕容氏下的手呢。」包不同道：「放屁，放屁！甚麼八尾和尚、九翼道人，我們從來沒見過，這筆帳又算在我們頭上了。」他大罵「放屁」，指的是「江湖上都說」，並非罵不平道人的說話，但旁人聽來，總不免刺耳。不平道人也不生氣，微笑道：「樹大招風，衆望所歸！」包不同喝道：「放……」斜眼向慕容復望了望，下面的話便收住了。不平道人道：「包兄怎地把下面這個字吃進肚裏了？」包不同一轉念間，登時怒喝：「甚麼？你罵我吃屁麼？」不平道人笑道：「不敢！包兄愛吃甚麼，便吃甚麼。」

包不同還待和他爭辯，慕容復道：「世間不虞之譽，求全之毀，原也平常得緊，包三哥何必多辯？聽說九翼道人輕功極高，一手雷公擋功夫，生平少逢敵手，別說他和在下全無過節，就算眞有怨仇，在下也未必勝得過這位號稱『雷動於九天之上』的九翼道長。」

不平道人微笑道：「慕容公子卻又太謙了。九翼道人『雷動於九天之上』的功夫雖然了得，但若慕容公子還他一個『雷動於九天之上』，他也只好束手待斃了。」

烏老大道：「九翼道人身上共有兩處傷痕，都是劍傷。因此江湖上傳說他是死於姑蘇慕容之手，那全是胡說八道。在下親眼目睹，豈有假的？若是慕容公子取他性命，自當以九翼道人的雷公擋傷他了。」不平道人接口道：「兩處劍傷？你說是兩處傷痕？這就奇了！」烏老大一拍大腿，說道：「不平道長果然了得，一聽便知其中有了蹊蹺。九翼道人死於縹緲峯下，身上卻有兩處劍傷，這事可不對頭啊。」

慕容復心想：「那有甚麼不對頭？這不平道人知道其中有了蹊蹺，我可想不出來。」霎時之間，不由得心生相形見絀之感。

烏老大偏生要考一考慕容復，說道：「慕容公子，你瞧這不是大大的不對勁麼？」

慕容復不願強不知爲己知，一怔之下，便想說：「在下可不明其理。」忽聽王語嫣道：「九翼道人一處劍傷，想必是在右腿『風市』穴與『伏兔』穴之間，另一處劍傷，當是在背心『懸樞』穴，一劍斬斷了脊椎骨，不知是也不是？」

烏老大一驚非小，說道：「當時姑娘也在縹緲峯下麼？怎地我們都……都沒瞧……瞧見姑娘？」他聲音發顫，顯得害怕之極。他想王語嫣其時原來也曾在場，自己此後的所作所爲不免都逃不過她眼睛，只怕機密已洩，大事尚未發動，已爲天山童姥所知悉了。

另一個聲音從人叢中傳了出來：「你怎麼知……知……知……我怎麼沒見……見……見……」說話之人本來口吃得厲害，心中一急，更加說不明白。

慕容復聽這人口齒笨拙，甚是可笑，但三十六洞洞主、七十二島島主之中，竟沒一人出口譏嘲，料想此人武功了得，又或行事狠辣，旁人都對他頗爲忌憚，當下向包不同連使眼色，叫他不可得罪了此人。

王語嫣淡淡的道：「西域天山，萬里迢迢的，我這輩子從來沒去過。」烏老大更加害怕，心想：你既不是親眼所見，當是旁人傳言，難道這件事江湖上早已傳得沸沸揚揚了麼？忙問：「姑娘是聽何人所說？」

王語嫣道：「我不過胡亂猜測罷啦。九翼道人是雷電門的高手，與人動手，自必施展輕功。他左手使鐵牌，四十二路『蜀道難牌法』護住前胸、後心、上盤、左方，當眞如鐵桶相似，對方難以下手，唯一破綻是在右側，敵方使劍的高手若要傷他，勢須自他右腿『風市』與『伏兔』兩穴之間入手。在這兩穴間刺以一劍，九翼道人自必舉牌護胸，同時以雷公擋使一招『春雷乍動』，斜劈敵人。對手既是高手，自然會乘機斬他後背。我猜這一招多半是用『白虹貫日』、『白帝斬蛇勢』這一類招式，斬他『懸樞穴』上的脊骨。以九翼道人武功之強，用劍本不易傷他，最好是用判官筆、點穴橛之類短兵刃剋制，既用了劍，那麼當以這一招最具靈效。」

烏老大長吁了一口氣，如釋重負，隔了半晌，才大拇指一豎，說道：「佩服，佩服！姑蘇慕容門下，實無虛士！姑娘分擘入理，直如親見。」

段譽忍不住插口：「這位姑娘姓王，她可不是……她可不是姑蘇慕容……」王語嫣微笑道：「姑蘇慕容是我至親，說我是姑蘇慕容家的人，也無不可。」

段譽眼前一黑，身子搖晃，耳中嗡嗡然響著的只是這句話：「說我是姑蘇慕容家的人，也無不可。」

那個口吃之人道：「原來如……如……如……」烏老大也不等他說出這個「此」字來，便道：「那九翼道人身上之傷，果如這位王姑娘的推測，右腿風市、伏兔兩穴間中了一劍，後心懸樞穴間脊背斬斷……」他兀自不放心，又問一句：「王姑娘，你確是憑武學的道理推斷，並非目見耳聞？」王語嫣點了點頭，說道：「是。」

那口吃之人忽道：「如果你要殺……殺……殺烏老大，那便如……如……如……」

烏老大聽他問王語嫣如何來殺自己，怒從心起，喝道：「你問這話，是甚麼居心？」但隨即轉念：「這姑娘年紀輕輕，說能憑武學推斷，料知九翼道人的死法，實是匪夷所思，多半那時她躲在縹緲峯下，親眼見到有人用此劍招。此事關涉太大，不妨再問個明白。」便道：「不錯。請問姑娘，若要殺我，那便如何？」

王語嫣微微一笑，湊到慕容復耳畔，低聲道：「表哥，此人武功破綻，是在肩後天宗穴和肘後清冷淵，你出手攻他這兩處，便能制他。」

慕容復當著這數百好手之前，如何能甘受一個少女指點？他哼了一聲，朗聲道：「烏洞主既然問你，你大聲說了出來，那也不妨。」王語嫣臉上一紅，好生羞慚，尋思：「我本想討好於你，沒想到這是當衆逞能，掩蓋了你男子漢大丈夫的威風。」便道：「表哥，姑蘇慕容於天下武學無所不知，你說給烏老大聽罷。」

慕容復不願假裝，更不願叨她之光，說道：「烏洞主武功高強，要想傷他，談何容易？烏洞主，咱們不必再說這些題外之言，請你繼續告知縹緲峯下的所見所聞。」

烏老大一心要知道當日縹緲峯下是否另有旁人，說道：「王姑娘，你既不知殺傷烏某之法，自也未必能知誅殺九翼道人的劍招，那麼適才的言語，都是消遣某家的了。九翼道人的死法，到底姑娘如何得知，務請從實相告，此事非同小可，兒戲不得。」

段譽當王語嫣走到慕容復身邊之時，全神貫注的凝視，瞧她對慕容復如何，又全神貫注的傾聽她對慕容復說些甚麼。他內功深厚，王語嫣對慕容復說的這幾句話聲音雖低，他卻已聽得清清楚楚，這時聽烏老大的語氣，有似直斥王語嫣撒謊，這位他敬若天神的意中人，豈是旁人冒瀆得的？更不打話，右足一抬，已展開「凌波微步」，東一晃，西一轉，驀地裏兜到了烏老大後心。

烏老大一驚，喝道：「你幹甚……」段譽伸出右手，已按在他右肩後的「天宗穴」上，左手抓住了他左肘後的「清冷淵」。這兩處穴道正是烏老大罩門所在，是他武功中的弱點。段譽毛手毛腳，出手全無家數，但一來他步法精奇，一霎眼間便欺到了烏老大身後，二來王語嫣於烏老大動手時，對他武功家數看得極準，烏老大反掌欲待擊敵，兩處罩門已同時受制，對方只須稍吐微勁，自己立時便成了廢人。他可不知段譽內力雖強，卻不能隨意發放，縱然抓住了他兩處罩門，其實半點也加害他不得。他適才已在段譽手下吃過苦頭，如何還敢逞強？只得苦笑道：「段公子武功神妙，烏某拜服。」

段譽道：「在下不會武功，這全憑王姑娘指點。」說著放開了他，緩步而回。

烏老大又驚又怕，呆了好一陣，才道：「烏某今日方知天下之大，武功高強者，未必便只天山童姥一人。」向段譽的背影連望數眼，驚疑不定。

不平道人道：「烏老大，你有這樣大本領的高人拔刀相助，當真可喜可賀。」烏老大點頭道：「是，是！咱們取勝的把握，又多了幾成。」不平道人道：「九翼道人既然身有兩處劍傷，就不是天山童姥下的手了。」

烏老大道：「是啊！當時我看到他身上居然有兩處劍傷，便和道長一般的心思。天山童姥不喜遠行，常人又怎敢到縹緲峯百里之內去撒野？她自是極少有施展武功的時候。因此在縹緲峯百里之內，若要殺人，定是她親自出手。我們素知她脾氣，有時故意引一兩個高手到縹緲峯下，讓這老太婆過過殺人之癮。她殺人向來一招便即取人性命，那有在對手身上連下兩招之理？」

慕容復一驚，心道：「這天山童姥殺人不用第二招，眞不信世上會有如此功夫？」

包不同心下也這般懷疑，他可不如慕容復那麼深沉不露，便問：「烏洞主，你說天山童姥殺人不用第二招，對付武功平庸之輩當然不難，要是遇到眞正的高手，難道也能在一招之下送了對方性命？浮誇，浮誇！全然的難以入信。」

烏老大道：「包兄不信，在下也沒法可想。但我們這些人甘心受天山童姥欺壓凌辱，不論她說甚麼，我們誰也不敢說半個不字，如她不是有超人之能，這裏三十六洞洞主、七十二島島主，那一個是好相與的？爲甚麼這些年來服服貼貼，誰也不生異心？」包不同點頭道：「這中間果然有些古怪，各位老兄未必是甘心做奴才。」雖覺烏老大言之有理，仍又道：「非也，非也！你說不生異心，現下可不是大生異心、意圖反叛麼？」

烏老大道：「這中間是有道理的。當時我一見九翼道人身有兩傷，心下起疑，再看另外兩個死者，見到那兩人亦非一招致命，顯然是經過了一場惡鬥，簡直是傷痕累累。我當下便和安、欽等諸位兄弟商議，這事可實在透著古怪。難道九翼道人等三人不是童姥所殺？但如不是童姥下的手，靈鷲宮中童姥屬下那些女人，又怎敢自行在縹緲峯下殺人，搶去了童姥一招殺人的樂趣？我們心中疑雲重重，走出數里後，安洞主突然說道：『莫……莫非老夫人……生了……生了……』」

慕容復知他指的是那個口吃之人，心道：「原來這人便是安洞主。」

只聽烏老大續道：「當時我們離縹緲峯不遠，其實就是在萬里之外，背後提到這老賊婆之時，誰也不敢稍有不敬之意，向來都以『老夫人』相稱。安兄弟說到莫非她是『生了……生了……』這幾個字，衆人不約而同的都道：『生了病？』」

不平道人問道：「這個童姥姥，究竟有多大歲數了？」

王語嫣低聲道：「總不會很年輕罷。」段譽道：「是，既用上了這個『姥』字，當然不會年輕了。不過將來你就算做了『姥姥』，還是挺年輕的。」眼見王語嫣留神傾聽烏老大的話，全不理會自己說些甚麼，頗感沒趣，心道：「這烏老大的話，我也只好聽在心裏，否則王姑娘問到我時，全然接不上口，豈不是失卻良機？」

只聽烏老大道：「童姥有多大年紀，那就誰也不知了。我們歸屬她治下，少則一二十年，多則三四十年，只有無量洞洞主等少數幾位，才是近年來歸屬靈鷲宮治下的。反正誰也沒見過她面，誰也不敢問起她歲數。」

段譽聽到這裏，心想那無量洞洞主倒是素識，四下打量，果見辛雙清遠遠倚在一塊大巖之旁，低頭沉思，臉上深有憂色。

烏老大續道：「大夥兒隨即想起：『人必有死，童姥姥本領再高，終究不是修煉成精，有金剛不壞之身。這一次我們供奉的物品不齊，她不加責罰，已是出奇，而九翼道人等死在峯下，身上居然不止一傷，更加啓人疑竇。』總而言之，其中一定有重大古怪。大夥兒你瞧瞧我，我瞧瞧你，誰也不敢先開口說話，各人都知這是我們脫卻枷鎖、再世爲人的唯一良機，可是童姥姥管治我們何等嚴峻，又有誰敢倡議去探個究竟？隔了半天，欽兄弟道：『安二哥的猜測大有道理，不過這件事太也冒險，依兄弟之見，咱們還是各自回去，靜候消息，待等到了確訊之後，再定行止，也還不遲。』

「欽兄弟這老成持重的法子本來十分妥善，可是……可是……我們實在又不能等。安洞主說道：『這生死符……生死符……』他不用再說下去，各人也均了然。老賊婆手中握住我們的生死符，誰也反抗不得，倘若她患病身死，生死符落入了第二人手中，我們豈不是又成爲第二個人的奴隸？這一生一世，永遠不能翻身？倘若那人兇狠惡毒，比老賊婆猶有過之，我們將來所受的凌辱荼毒，豈不是比今日更加厲害？這實在是箭在弦上，不得不發。明知前途凶險異常，卻也非去探個究竟不可。

「我們這一羣人中，論到武功機智，自以安洞主爲第一，他的輕身功夫尤其比旁人高得多。那時寂靜無聲之中，八個人的目光都望到了安洞主臉上。」

慕容復、王語嫣、段譽、鄧百川、包不同，以及不識安洞主之人，目光都在人羣中掃來掃去，要見這位說話口吃而武功高強的安某，到底是何等樣人物。衆人又都記了起來，適才烏老大向慕容復與不平道人等引見諸洞主、島主之時，並無安洞主在內。

烏老大道：「安洞主喜歡清靜，不愛結交，因此適才沒跟各位引見，尙請莫怪！當時衆望所歸，都盼安洞主出馬探個究竟。安洞主道：『既是如此，在下義不容辭，自當前去察看。』」衆人均知安洞主當時說話決無如此流暢，只是烏老大不便引述他口吃之言，令人訕笑；而他不願與慕容復、不平道人相見，自也因口吃之故。

烏老大繼續說道：「我們在縹緲峯下苦苦等候，當眞渡日如年，生怕安洞主有甚不測。大家眞人面前不說假話，我們固然躭心安洞主遭了老賊婆的毒手，尤其怕的是，老賊婆一怒之下，更來向我們爲難。但事到臨頭，那也只有硬挺，反正老賊婆若要嚴懲，大夥兒也逃不了。直過了三個時辰，安洞主才回到約定的相會之所。我們見到他臉有喜色，大家先放下了心頭大石。他道：『老夫人有病，不在峯上。』原來他悄悄重回縹緲峯，聽到老賊婆的侍女們說話，得知老賊婆身患重病，出外採藥求醫去了！」

烏老大說到這裏，人羣中登時響起一片歡呼。天山童姥生病的訊息，他們當然早已得知，衆人聚集在此，就爲商議此事，但聽烏老大提及，仍不禁喝采。

段譽搖了搖頭，說道：「聞病則喜，幸災樂禍！」他這兩句話夾在歡聲雷動之中，誰也沒加留神。

烏老大道：「大家聽到這個訊息，自是心花怒放，但又怕老賊婆詭計多端，故意裝病來試探我們，九個人一商議，又過了兩天，這才一齊再上縹緲峯窺探。這一次烏某人自己親耳聽到了。老賊婆果然身患重病，半點也不假。只不過生死符的所在，卻查不出來。」

包不同插嘴道：「喂，烏老兄，那生死符，到底是甚麼鬼東西？」烏老大嘆了口氣，說道：「這東西說來話長，一時也不能向包兄解釋明白。總而言之，老賊婆掌管生死符在手，隨時可制我們死命。」包不同道：「那是一件十分厲害的法寶？」烏老大苦笑道：「也可這麼說。」

段譽心想：「那神農幫幫主、山羊鬍子司空玄，也是怕極了天山童姥的『生死符』，以致跳崖自盡，可見這法寶委實厲害。」

烏老大不願多談「生死符」，轉頭向衆人朗聲道：「老賊婆生了重病，那是千眞萬確的了。咱們要翻身脫難，只有鼓起勇氣，拚命幹上一場。不過老賊婆目前是否已回縹緲峯靈鷲宮，咱們沒法知曉。今後如何行止，要請大家合計合計。尤其不平道長、慕容公子、王姑娘……段公子四位有何高見，務請不吝賜教。」

段譽道：「先前聽說天山童姥強兇霸道，欺凌各位，在下心中不忿，決意上縹緲峯去跟這位老夫人理論理論。但她既然生病，乘人之危，君子所不取。別說我沒高見，就是有高見，我也不說了。」

虛竹抱起女童，躍上松樹頂，連說：「好險，好險！」五個敵人遠遠站著指指點點，卻都不敢逼近。

三五　紅顏彈指老　剎那芳華

烏老大臉色立變，待要說話，不平道人向他使個眼色，微笑道：「段公子是君子人，不肯乘人之危，高人高風，佩服，佩服！烏兄，咱們進攻縹緲峯，第一要義，是要知道靈鷲宮中的虛實。安洞主與烏兄等九位親身上去探過，老賊婆離去之後，宮中尚有多少高手？布置如何？烏兄想來總必聽到一二，便請說出來，大家參詳如何？」

烏老大道：「說也慚愧，我們到靈鷲宮去察看，誰也不敢放膽探聽，大家竭力隱蔽，唯恐撞到了人。但在下在宮後花園之中，還是給一個女童撞見了。這女娃兒似是丫鬟之類，她突然抬頭，我閃避不及，跟她打了個照面。在下深恐洩露了機密，縱上去想將她抓住。靈鷲宮中那些姑娘、太太們曾得老賊婆指點武功，個個非同小可，雖是個小小女童，只怕也十分了得。我這下衝上前去，自知是九死一生之舉……」

他聲音微微發顫，顯然當時局勢凶險之極，此刻回思，猶有餘悸。衆人眼見他現下安然無恙，那麼當日在縹緲峯上縱曾遇到危難，也必化險爲夷，但想烏老大竟敢在縹緲峯上動手，雖說是實逼處此，鋌而走險，卻也算得是膽大包天了。

只聽他續道：「我這一上去，便是施展全力，雙手使的是『虎爪功』，當時我腦海中閃過一個念頭：倘若這一招拿不到這女娃兒，給她張嘴叫喊，引來後援，那麼我立刻從這數百丈的高峯上躍了下去，爽爽快快圖個自盡，免得落在老賊婆手下那批女將手中，受那無窮無盡的苦楚。那知道……那知道我左手一搭上這女娃兒肩頭，右手抓住她的臂膀，她竟毫不抗拒，身子一晃，便即軟倒，全身沒半分力氣，卻是一點武功也無。那時我大喜過望，一呆之下，兩隻腳酸軟無比，不怕各位見笑，我是自己嚇自己，這女娃兒軟倒了，我這不成器的烏老大，險些兒也軟倒了。」

他說到這裏，人羣中發出一陣笑聲，各人心情爲之一鬆。烏老大雖譏嘲自己膽小，但人人均知他其實異常剛勇，敢在縹緲峯上出手拿人，豈是等閒之事？

烏老大一招手，他手下一人提了一隻黑色布袋，走上前來，放在他身前。烏老大解開袋口繩索，將袋口往下一捺，袋中露出一個人來。

衆人都「啊」的一聲，只見那人身形甚小，是個女童。

烏老大得意洋洋的道：「這個女娃娃，便是烏某人從縹緲峯上擒下來的。」

眾人齊聲歡呼：「烏老大了不起！」「當眞是英雄好漢！」「三十六洞、七十二島羣仙，以你烏老大居首！」

眾人歡呼聲中，夾雜著一聲聲咿咿呀呀的哭泣，那女童雙手按臉，嗚嗚而哭。

烏老大道：「我們拿到了這女娃娃後，生恐再躭擱下去，洩露了風聲，便即下峯。一再盤問這女娃娃，可惜得很，她卻是個啞巴。我們初時還道她是裝聾作啞，曾想了許多法兒相試，有時出其不意在她背後大叫一聲，瞧她是否驚跳，試來試去，原來眞是啞的。」

眾人聽那女童的哭泣，呀呀呀的，果然是啞巴之聲。人叢中一人問道：「烏老大，她不會說話，寫字會不會？」烏老大道：「也不會。我們拷打、浸水、火燙、餓飯，一切法門都使過了，看來她不是倔強，而是眞的不會。」

段譽忍不住道：「以這等卑鄙手段折磨一個小姑娘，好不害羞！」烏老大道：「我們在天山童姥手下所受的折磨，慘過十倍，一報還一報，何羞之有？」段譽道：「你們要報仇，該當去對付天山童姥才是，對付她手下一個小丫頭，有甚麼用？」

烏老大道：「自然有用。」提高聲音說道：「眾位兄弟，咱們今天齊心合力，反了縹緲峯，此後有福同享，有禍共當，大夥兒歃血爲盟，以圖大事。有沒有那一個不願幹的？」他連問兩句，沒人作聲。問到第三句上，一個魁梧的漢子轉過身來，一言不發的往西便奔。

烏老大叫道：「劍魚島區島主，你到那裏去？」那漢子不答，只拔足飛奔，身形極快，轉眼間便轉過了山坳。衆人叫道：「這人膽小，臨陣脫逃，快截住他。」登時有十餘人追了下去，個個是輕功上佳之輩，但與那區島主相距已遠，不知是否追趕得上。

突然間「啊」的一聲長聲慘呼，從山後傳了過來。衆人一驚，相顧變色，那追逐的十餘人也都停了腳步，只聽得呼呼風響，一顆圓球般的東西從山坳後疾飛而出，掠過半空，向人叢中落了下來。

烏老大縱身躍前，將那圓物接在手中，燈光下見那物血肉模糊，竟是一顆首級，再看那首級的面目，但見鬚眉戟張，雙目圓睜，便是適才那個逃去的區島主。烏老大顫聲道：「區島主……」一時之間，他想不出這區島主何以會如此迅速的送命，心底隱隱升起了一個極爲恐怖的念頭：「莫非天山童姥到了？」

不平道人哈哈大笑，朗聲道：「劍神神劍，果然名不虛傳，卓兄，你把守得好緊啊！」山坳後傳來一個清亮的聲音說道：「臨陣脫逃，人人得而誅之，以免洩露訊息。衆家洞主、島主，請勿怪責。」

衆人從驚惶中醒覺過來，都道：「幸得劍神除滅叛徒，才不致壞了咱們大事。」

慕容復和鄧百川等均想：「此人號稱『劍神』，未免也太狂妄自大。你劍法再高，又豈能自稱爲『神』？江湖上沒聽過有這麼一號人物，卻不知劍法到底如何高明？」

烏老大自愧剛才心中疑神疑鬼，大聲道：「衆家兄弟，請大家取出兵刃，每人向這女娃娃砍上一刀，刺上一劍。這女娃娃年紀雖小，又是個啞巴，終究是縹緲峯的人物，大夥兒的刀頭喝過了她身上的血，從此跟縹緲峯勢不兩立，就算再要有三心兩意，那也不容你再畏縮後退了。」他一說完，當即擎鬼頭刀在手。

一干人等齊聲叫道：「不錯，該當如此！大夥兒歃血爲盟，從此有進無退，跟老賊婆拚到底了。」

段譽大叫：「這個使不得，大大使不得。慕容兄，你快出手制止這等暴行才好。」慕容復搖頭道：「段兄，人家身家性命，盡皆繫此一舉，咱們是外人，不可妄加干預。」段譽激動義憤，叫道：「大丈夫路見不平，豈能眼開眼閉，視而不見？王姑娘，你就算罵我，我也是要去救她的了，只不過……只不過我段譽手無縛鷄之力，要救這小姑娘的性命，只怕難以辦到。喂，喂，鄧兄、公治兄，你們怎麼不動手？包兄、風兄，我衝上前去救人，你們隨後接應如何？」鄧百川等向來唯慕容復馬首是瞻，見慕容復不欲插手，都向段譽搖了搖頭，臉上卻均有歉然之色。

烏老大聽得段譽大呼小叫，心想此人武功極高，眞要橫來生事，卻也不易對付，夜長夢多，速行了斷的爲是，當即舉起鬼頭刀，叫道：「烏老大第一個動手！」揮刀便向那身在布袋中的女童砍落。

段譽叫道：「不好！」手指一伸，一招「中衝劍」，向烏老大的鬼頭刀上刺去。可是他這六脈神劍不能收發由心，有時眞氣鼓盪，威力無窮，有時內力卻半點也運不上來，全憑心意是否全副投入而定。他雖見義勇爲要救那女童，畢竟並非像對王語嫣那般情切關懷，這時一劍刺出，眞氣只到了手掌之間，便發不出去。

眼見烏老大這一刀便要砍到那女童身上，突然間巖石後面躍出一個黑影，左掌揮出，一股大力撞開了烏老大，右手抓起地下布袋，將那女童連袋負在背上，便向西北角的山峯疾奔而上。衆人齊聲發喊，向他追去。但那人奔行奇速，片刻間便衝入了山坡上的密林。諸洞主、島主所發暗器，不是打上了樹身，便是給枝葉彈落。

段譽大喜，他目光敏銳，已認出了此人面目，那日在聰辯先生蘇星河的棋會中曾和他會過，那個繁複無比的珍瓏便是他解開的，果然聽得慕容復叫道：「這人是少林寺的虛竹和尙！」段譽跟著叫道：「虛竹師兄，姓段的向你合什頂禮！你少林寺是武林中的泰山北斗，果然名不虛傳！」

衆人見那人一掌便將烏老大推開，腳步輕捷，武功著實了得，又聽慕容復和段譽說他是少林寺的和尙，少林寺盛名之下，人人心中存了怯意，不敢過份逼近。不過此事牽涉太過重大，這女孩爲少林僧人救走，若不將這男女二人同時殺了滅口，衆人的圖謀便即洩漏，不測奇禍隨之而至，各人呼哨叫嚷，疾追而前。

眼見這少林僧急奔上峯，山峯高聳入雲，峯頂白雪皚皚，要攀到絕頂，就算是輕功高手，只怕也得四五天功夫。不平道人叫道：「大家不必驚惶，這和尚上了山峯，那是一條絕路，不怕他飛上天去。大夥兒守緊峯下通路，不讓他逃脫便是。」各人聽了，心下稍安。烏老大分派人手，團團將山峯四周的通路都守住了。唯恐那少林僧衝將下來，圍守者抵擋不住，每條路上都布了三道卡子，頭卡守不住尚有中卡，中卡之後又有後卡，另有十餘名好手來回巡邏接應。分派已定，烏老大與不平道人、安洞主、霍洞主、欽島主等數十人上山搜捕，務須先除了這僧人，以免後患。

慕容復等一羣人給分派在東路防守，面子上是請他們坐鎮東方，實則是不欲他們參與其事。慕容復心中雪亮，知烏老大對自己頗有疑忌，微微一笑，便領了鄧百川等人守在東路。段譽自也跟在東路，他也不怕別人討厭，不住口的大讚虛竹英雄高義。

搶了布袋之人，正是虛竹。他在小飯店中見到慕容復與丁春秋一場劇鬥，只嚇得魂不附體，乘著游坦之搶救阿紫、慕容復脫身出門、丁春秋追出門去之時，立即從後門溜出。他一心只想找到慧方等師伯叔，好聽他們示下，但他不識路徑，自經丁春秋和慕容復惡鬥一役，成了驚弓之鳥，連小飯店、小客棧也不敢進去，只在山野間亂闖。

其時三十六洞洞主、七十二島島主相約在此間山谷中聚會，每人各攜子弟親信，人數著實不少，虛竹在途中自不免撞到。他見這些人顯是江湖人物，便想向他們打聽慧方等師叔伯的行蹤，但見他們形貌兇惡，只怕與丁春秋是一夥，卻又不敢，隨即聽得他們悄悄商議，似乎要幹甚麼害人勾當，心想行俠仗義、扶危濟困，少林弟子責無旁貸，當即跟隨其後，終於將當晚情景一一瞧在眼裏，聽在耳中。他於江湖上諸般恩怨過節全然不懂，待見烏老大舉刀要砍死一個全無抗拒之力的啞巴女孩，不由得慈悲心大動，心想不管誰是誰非，這女孩非救不可，當即從巖石後面衝出，搶了布袋便走。

他上峯之後，提氣直奔，眼見越奔樹林越密，追趕者叫嚷吶喊之聲漸漸輕了。他出手救人之時，只憑著一番慈悲心腸，他發過菩提心，決意要做菩薩、成佛，見到衆生有難，自是非救不可，但這時想到這些人武功厲害，手段毒辣，隨便那一個出手，自己都非其敵，尋思：「只有逃到個隱僻之所，躲了起來，他們再也找我不到，才能保得住這女孩和我自己的性命。」其時眞所謂飢不擇食，慌不擇路，見那裏樹林茂密，便鑽了進去。

好在他已得了那逍遙派老人七十餘年的內功修爲，內力充沛之極，奔了將近兩個時辰，竟絲毫不累。全力奔行後，本來凝聚在膻中穴的逍遙派內力，慢慢散入全身各處穴道，窒悶消滅，神情氣爽，體力反增。又奔了一陣，天色發白，腳底下踏到薄薄積雪，原來已奔到山腰。此處是西北高山，高峯峻嶺，終年積雪不消，氣候儼若寒冬。虛竹定了定神，觀看四周情勢，一顆心仍突突亂跳，自言自語：「卻逃到那裏去才好？」

忽聽得背後一個聲音說道：「膽小鬼，只想到逃命，我給你羞也羞死了！」虛竹嚇了一跳，大叫：「啊喲！」發足又向山峯上狂奔。奔了數里，才敢回頭，卻不見有誰追來，低聲道：「還好，沒人追來。」

這句話一出口，背後又有個聲音道：「男子漢大丈夫，嚇成這個樣子，狗才！鼠輩！小畜生！」虛竹這一驚更加非同小可，邁步又向前奔，背後那聲音說道：「又膽小，又笨，眞不是個東西！」那聲音便在背後一二尺之處，當眞觸手可及。

虛竹心道：「糟糕，糟糕！這人武功如此高強，這一回定然難逃毒手了。」放開腳步，越奔越快。那聲音又道：「既然害怕，便不該逞英雄救人。你到底想逃到那裏去？」

虛竹聽那聲音便在耳邊響起，雙腿一軟，險些便要摔倒，一個踉蹌之後，回轉身來，其時天色已明，日光從濃蔭中透了進來，卻不見人影。虛竹只道那人躲在樹後，恭恭敬敬的道：「小僧見這些人要加害一個小小女童，是以不自量力，出手救人，決無自逞英雄之心。」

那聲音冷笑道：「你做事不自量力，便有苦頭吃了。」

這聲音仍是在他背後耳根外響起，虛竹更加驚訝，急忙回頭，背後空盪盪地，卻那裏有人？他想此人身法如此快捷，武功比自己高出何止十倍，若要伸手加害，十個虛竹的性命也早不在了，從他語氣中聽來，只不過責備自己膽小無能，似乎並非烏老大等人一路，定了定神，說道：「小僧無能，還請前輩賜予指點。」

那聲音冷笑道：「你又不是我的徒子徒孫，我怎能指點於你？」

虛竹道：「是，是！小僧妄言，前輩恕罪。對方人衆，小僧不是他們敵手，我……我這可要逃走了。」說了這句話，提氣向山峯上奔去。

背後那聲音道：「這山峯是條絕路，他們在山峯下把守住了，你如何逃得出去？」虛竹一呆，停了腳步，道：「我……我……我倒沒想到。前輩慈悲，請指點一條明路。」那聲音嘿嘿冷笑，說道：「眼前只有兩條路，一條是轉身衝殺，將那些妖魔鬼怪都誅殺了。」虛竹道：「一來小僧無能，二來不願殺人。」那聲音道：「那麼便走第二條路，你縱身一躍，跳入下面的萬丈深谷，粉身碎骨，那便一了百了，涅槃解脫。」

虛竹道：「這個……」回頭看了一眼，這時遍地已都是積雪，但雪地中除了自己的一行足印之外，更無第二人的足印，尋思：「此人踏雪無痕，武功之高，實已到了匪夷所思的地步。」那聲音道：「這個那個的，你要說甚麼？」虛竹道：「這一跳下去，小僧固然死了，連小僧救了出來的這個女孩也同時送命。一來救人沒救徹，二來小僧佛法修爲尚淺，清淨涅槃是說不上的，勢必又入輪迴，重受生死流轉之苦。」

那聲音問道：「你跟縹緲峯有甚淵源？何以不顧自己性命，冒險去救此人？」虛竹快步奔行上峯，說道：「甚麼縹緲峯、靈鷲宮，小僧今日都是第一次聽到。小僧是少林弟子，這次奉命下山，與江湖上任何門派均無瓜葛。」那聲音冷笑道：「如此說來，你倒是個見義勇爲的小和尚了。」虛竹道：「小和尚是實，見義勇爲卻不見得。小僧無甚見識，諸多妄行，胸中有無數難題，不知如何是好。」

那聲音道：「你內力充沛，著實了得，但功力卻全不是少林一派，是甚麼緣故？」虛竹道：「這件事說來話長，正是小僧胸中一個大大難題。」那聲音道：「甚麼說來話長、說來話短，我不許你諸多推諉，快快說來。」語氣甚是嚴峻，實不容他規避。但虛竹想起康廣陵曾說，「逍遙派」的名字極爲隱祕，決不能讓本派之外的人聽到，他雖知身後之人是個武功甚高的前輩，但連面也沒見過，怎能貿然便將這個重大祕密相告，說道：「前輩見諒，小僧實有許多苦衷，不能相告。」

那聲音道：「好，既然如此，你快放我下來。」虛竹吃了一驚，道：「甚……甚麼？」那聲音道：「你快放我下來，怎麼甚麼的，囉裏囉唆！」

虛竹聽這聲音不男不女，只覺甚是蒼老，但他說「你快放我下來」，實不懂是何意，當下立定腳步，轉了個身，仍見不到背後那人，正惶惑間，那聲音罵道：「臭和尚，快放我下來！我在你背後的布袋之中，你當我是誰？」

虛竹更加大吃一驚，雙手不由得鬆了，啪的一聲，布袋摔在地上，袋中「啊喲」一聲，傳出一下蒼老的呼痛之聲，正是一直聽到的那聲音。虛竹也「啊喲」一聲，說道：

「小姑娘，原來是你，怎麼你的口音這般老？」當即打開布袋口，扶了一人出來。

只見這人身形矮小，便是那個八九歲女童，但雙目如電，炯炯有神，向虛竹瞧來之時，自有一股凌人的威嚴。虛竹張大了口，說不出話來。

那女童道：「見了長輩也不行禮，這般沒規矩！」聲音蒼老，神情更是老氣橫秋。虛竹道：「小……小姑娘……」那女童喝道：「甚麼小姑娘，大姑娘？我是你姥姥！」虛竹微微一笑，說道：「咱們陷身絕地，可別鬧著玩了。來，你到袋子裏去，我揹了你上山。過得片刻，敵人便追到啦！」

那女童向虛竹上下打量，突然見到他左手手指上戴的那枚寶石指環，臉上變色，問道：「你……你這是甚麼東西？給我瞧瞧。」

虛竹本來不想把指環戴在手上，但知此物要緊，生怕掉了，不敢放在懷裏，聽那女童問起，笑道：「那也不是甚麼好玩的物事。」

那女童伸出手來，抓住他左腕，察看指環。她將虛竹的手掌側來側去，看了良久。虛竹忽覺她抓著自己的小手不住發顫，側過頭來，見她一雙清澈的大眼中充滿了淚水。又過好一會，她才放開虛竹的手掌。

那女童道：「這枚七寶指環，你是從那裏偷來的？」語音嚴峻，如審盜賊。虛竹心下不悅，說道：「出家人嚴守戒律，怎可偷盜妄取？這是別人給我的，怎說是偷來的？」

那女童道：「胡說八道！你說是少林弟子，人家怎會將這枚指環給你？你若不從實說來，我抽你的筋，剝你的皮，叫你受盡百般苦楚。」

虛竹啞然失笑，心想：「我若非親眼目睹，單是聽你聲音，當眞要給你這小小娃兒嚇倒了。」說道：「小姑娘……」突然啪的一聲，腰間吃了一拳，但那女童究竟力弱，卻也不覺如何疼痛。虛竹道：「你怎麼出手便打人？小小年紀，忒也橫蠻無禮！」

那女童問道：「你名叫甚麼？」虛竹道：「小僧法名虛竹。」那女童道：「你法名叫虛竹，嗯，靈、玄、慧、虛，你是少林派中第三十七代弟子。玄慈、玄悲、玄苦、玄難、玄痛這些小和尚，都是你的師祖罷？」

虛竹退了一步，驚訝無已，這個八九歲的女童居然知道自己師承輩份，更稱玄慈、玄悲等師伯祖、師叔祖爲「小和尚」，出口吐屬，那裏像個小小女孩？突然想起：「世上據說有借屍還魂之事，莫非……莫非有個老前輩的鬼魂，附在這小姑娘身上？」

那女童道：「你是便說是，不是便不是，怎地不答？」虛竹道：「你說得不錯，只是稱我方丈大師爲『小和尚』，未免太過。」那女童道：「怎麼不是小和尚？我和他師父靈門大師平輩論交，玄慈怎麼不是小和尚？又有甚麼『太過』不『太過』的？」虛竹更加驚訝，玄慈方丈的師父靈門禪師是少林派第三十四代弟子中傑出的高僧，虛竹自知。他越來越信這女童是借屍還魂，問道：「那麼……你是誰？」

那女童怫然道：「初時你口口聲聲稱我『前輩』，倒也恭謹有禮，怎地忽然你呀你的起來？若非念你相救有功，姥姥一掌便送了你狗命！」虛竹聽她自稱「姥姥」，很是害怕，說道：「姥姥，不敢請教你尊姓大名。」那女童轉怒為喜，說道：「這才是了。我先問你，你這枚七寶指環那裏得來的？」虛竹道：「是一位老先生給我的。我本來不要，我是少林弟子，實在不能收受。可是那位老先生命在垂危，不由我分說……」

那女童突然伸手，又抓住了他手腕，顫聲道：「你說那……那老先生命在垂危？他死了麼？不，不，你先說，那老先生怎般的相貌？」虛竹道：「他鬚長三尺，臉如冠玉，相貌極是俊雅。」那女童全身顫抖，問道：「怎麼他會命在垂危？他……他一身武功……」突然轉悲為怒，罵道：「臭和尚，無崖子一身武功，他不散功，怎麼死得了？一個人要死，便這麼容易？」虛竹點頭道：「是！」這女童雖小小年紀，但氣勢懾人，虛竹對她的話不敢稍持異議，只難以明白：「甚麼叫做散功？一個人要死，容易得緊，又有甚麼難了？」

那女童又問：「你在那裏遇見無崖子的？」虛竹道：「你說的是那位容貌清秀的老先生，便是聰辯先生蘇星河的師父麼？」那女童道：「自然是了。哼，你連這人的名字也不知道，居然撒謊，說他將七寶指環給了你，厚顏無恥，大膽之極！」

虛竹道：「你也認得這位無崖子老先生嗎？」那女童怒道：「是我問你，不是你問我，我問你在那裏遇見無崖子，快快答來！」虛竹道：「那是在一個山峯之上，我無意間解破了一個『珍瓏』棋局，這才遇到這位老先生。」

那女童伸出拳頭，作勢要打，怒道：「胡說八道！這珍瓏棋局數十年來難倒了天下多少才智之士，憑你這蠢笨如牛的小和尚也解得開？你再胡亂吹牛，我可不跟你客氣了。」

虛竹道：「若憑小僧自己本事，自然是解不開的。但當時勢在騎虎，聰辯先生逼迫小僧非落子不可，小僧只得閉上眼睛，胡亂下了一子，豈知誤打誤撞，在一大片『共活』的棋勢之中，自己收了一塊白棋的氣，送給黑棋吃了，居然棋勢開朗，再經高人指點，便解開了。本來這全是僥倖，可是小僧一時胡亂妄行，此後罪業非小。唉，眞是罪過，我佛慈悲。」說著雙手合什，連宣佛號。

那女童將信將疑，道：「這般說，倒也有幾分道理……」一言未畢，忽聽得下面隱隱傳來呼哨之聲。虛竹叫道：「啊喲！」打開布袋口，將那女童一把塞入袋中，負在背上，拔腳向山上狂奔。

他奔了一會，山下的叫聲又離得遠了，回頭看去，只見積雪中印著自己一行清清楚楚的腳印，失聲呼道：「不好！」那女童在他背上的袋裏問道：「甚麼不好？」虛竹道：「我在雪地裏留下了腳印，不論逃得多遠，他們終究找得到咱們。」那女童道：「上樹飛行，便無蹤跡，只可惜你武功太也低微，連這點兒粗淺的輕功也不會。小和尙，我瞧你的內力不弱，不妨試試。」

虛竹道：「好，這就試試！」縱身躍起，老高的跳在半空，竟然高出樹頂丈許，掉下時伸足踏向樹幹，喀喇一聲，踩斷樹幹，連人帶樹幹一齊掉將下來。這下子一交仰天摔落，勢須壓在布袋之上，虛竹生恐壓傷了女童，半空中急忙一個鷂子翻身，翻將過來，變成合撲，砰的一聲，額頭撞上一塊巖石，登時皮破血流。虛竹叫道：「哎唷，哎唷！」掙扎著爬起，甚是慚愧，說道：「我……我武功低微，又笨得緊，不成的。」

那女童道：「你寧可自己受傷，也不敢壓我，總算對姥姥恭謹有禮。姥姥一來要利用你，二來嘉獎後輩，便傳你一手飛躍之術。你聽好了，上躍之時，雙膝微曲，提氣丹田，待覺眞氣上昇，便須放鬆筋骨，存想玉枕穴間……」當下一句句解釋，又教他如何空中轉折，如何橫竄縱躍，教罷，說道：「你依我這法子再跳上去罷！」

虛竹道：「是！我先獨個兒跳著試試，別再摔一交，撞痛了你。」便要放下布袋。

那女童怒道：「姥姥教你的本事，難道還有錯的？試甚麼鬼東西？你再摔一交，姥姥立時便殺了你。」虛竹不由得機伶伶的打個冷戰，想起身後負著一個借屍還魂的鬼魂，全身寒毛都豎了起來，只想將布袋摔得遠遠的，卻又不敢，於是咬一咬牙齒，依著那女童所授運氣的法門，運動眞氣，存想玉枕穴，雙膝微曲，輕輕向上一躍。

這一次躍將上去，身子猶似緩緩上升，雖在空中無所憑依，卻也能轉折自如，他大喜之下，叫道：「行了，行了！」不料一開口，洩了眞氣，便即跌落，幸好這次是筆直落下，雙腳腳板底撞得隱隱生痛，卻未摔倒。

那女童罵道：「小蠢才，你要開口說話，先得調勻內息。第一步還沒學會，便想走第五步、第六步了。」虛竹道：「是，是！是小僧的不是。」又再依法提氣上躍，輕輕落在一根樹枝之上，那樹枝晃了幾下，卻未折斷。

虛竹心下甚喜，卻不敢開口，依著那女童所授的法子向前躍出，平飛丈餘，落在第二株樹的枝幹上，一彈之下，又躍到了第三株樹上，氣息一順，只覺身輕力足，越躍越遠。到得後來，一躍竟能橫越二樹，在半空中宛如御風而行，不由得又驚又喜。雪峯上樹林茂密，他自樹端枝稍飛行，地下無跡可尋，只一頓飯時分，已深入密林。

那女童道：「行了，下來罷。」虛竹應道：「是！」輕輕躍下，將女童扶出布袋。

那女童見他滿面喜色，說不出的心癢難騷之態，罵道：「沒出息的小和尚，只學到這點兒粗淺微末的功夫，便這般歡喜！」虛竹道：「是，是。小僧眼界甚淺，姥姥，你教我的功夫大是有用……」那女童道：「你居然一點便透，可見姥姥法眼無花，小和尚身上的內功並非少林一派。你這功夫到底是跟誰學的？怎麼小小年紀，內功底子如此深厚？」

虛竹胸口一酸，眼眶兒不由得紅了，說道：「這是無崖子老先生臨死之時，將他……他老人家七十餘年修習的內功，硬生生逼入小僧體內，說是『逆運北冥神功』。小僧實在不敢背叛少林，改投別派，但其時無崖子老先生不由分說，便化去小僧的內功，雖然小僧本來的內功低淺得緊，也算不了甚麼，不過……不過，小僧練起來卻也費了不少苦功。無崖子老先生又將他的功夫傳給了我，小僧也不知是禍是福，該是不該。唉，總而言之，小僧日後回到少林寺去，總而言之，總而言之……」連說幾個「總而言之」，實不知如何總而言之。

那女童怔怔的不語，將布袋鋪在一塊巖石上，坐著支頤沉思，輕聲道：「如此說來，無崖子果然是將逍遙派掌門之位傳給你了。」虛竹道：「原來……原來你也知道『逍遙派』的名字。」他一直不敢提到「逍遙派」三字，康廣陵說過，若不是本派中人，聽到了「逍遙派」三字，就決不容他活在世上。現下聽那女童先說了出來，他才敢接口；又想反正你是鬼不是人，人家便要殺你，也無從殺起。

那女童怒道：「我怎不知逍遙派？姥姥知道逍遙派之時，無崖子還沒知道呢。」虛竹道：「是，是！」心想：「說不定你是個數百年前的老鬼，當然比無崖子老先生還老得多。」

只見那女童拾了一根枯枝，在地下積雪中畫了起來，畫的都是一條條的直線，不多時便畫成一張縱橫十九道的棋盤。虛竹一驚：「她也要逼我下棋，那可糟了。」卻見她畫成棋盤後，便即在棋盤上布子，空心圓圈是白子，實心的一點是黑子，密密層層，將一個棋盤上都布滿了。只布到一半，虛竹便認了出來，正是他所解開的那個珍瓏，心道：「原來你也知道這個珍瓏。」又想：「莫非你當年也曾想去破解，苦思不得，因而氣死麼？」想到這裏，背上又感到一層寒意。

那女童布完珍瓏，說道：「你說解開了這個珍瓏，第一子如何下法，演給我瞧瞧。」虛竹道：「是！」當下第一子收緊自己一氣，讓對手將自己的白子提去了一大片，局面登時開朗，然後依著段延慶當日傳音所示，反擊黑棋。那女童額頭汗水涔涔而下，喃喃道：「天意，天意！天下又有誰想得到這『先殺自身，再攻敵人』的怪法？」

待虛竹將一局珍瓏解完，那女童又沉思半晌，說道：「這樣看來，小和尚倒也不是全然胡說八道。這是『置之死地而後生』。無崖子怎樣將七寶指環傳你，一切經過，你詳細跟我說來，不許有半句隱瞞。」

虛竹道：「是！」於是從頭將師父如何派他下山，如何破解珍瓏，無崖子如何傳功傳指環，丁春秋如何施毒暗殺蘇星河與玄難，自己如何追尋慧方諸僧等情一一說了。

那女童一言不發，直等他說完，才道：「這麼說，無崖子是你師父，你怎地不稱師父，卻叫甚麼『無崖子老先生』？」虛竹神色尷尬，說道：「小僧是少林寺僧人，實在不能改投別派。」那女童道：「你是決意不願做逍遙派的掌門人了？」虛竹連連搖頭，道：「萬萬不願。」那女童道：「那也容易，你將七寶指環送了給我，也就是了。我代你做逍遙派掌門人如何？」虛竹大喜，道：「那正求之不得。」從指上除下寶石指環，交了給她。

那女童臉上神色不定，似乎又喜又悲，接過指環，便往手上戴去。可是她手指細小，中指與無名指戴上了都會掉下，勉強戴在大拇指上，端相半天，問道：「你說無崖子有一幅圖給你，叫你到大理無量山去尋人學逍遙派的上乘武功，那幅圖呢？」

虛竹從懷中取出圖畫。那女童打開卷軸，一見到圖中的宮裝美女，臉上倏然變色，罵道：「他……他要這賤婢傳你武功！他……他臨死之時，仍念念不忘這賤婢，將她畫得這般好看！」霎時間滿臉憤怒嫉妒，將圖畫往地下一丟，伸腳便踩。

虛竹叫道：「啊喲！」忙伸手搶起。那女童怒道：「你可惜麼？」虛竹道：「這樣好好一幅圖畫，踩壞了自然可惜。」那女童問道：「這賤婢是誰，無崖子這小賊有沒跟你說？」虛竹搖頭道：「沒有。」心想：「怎麼無崖子老先生又變成了小賊？」

那女童怒道：「哼，小賊痴心妄想，還道這賤婢過了幾十年，仍有這等容貌！呸，就算當年，她又那有這般好看了？」越說越氣，伸手又要搶過畫來撕爛。虛竹忙縮手將圖畫揣入懷中。那女童身矮力微，搶不到手，氣喘吁吁的不住大罵：「沒良心的小賊，不要臉的臭賤婢！」虛竹惘然不解，猜想這附身女童的老鬼定然認得圖中美女，兩人向來有仇，是以雖不過見到一幅圖畫，卻也怒氣難消。

那女童還在惡毒咒罵，虛竹肚中突然咕咕咕的響了起來。他忙亂了大半天，再加上狂奔跳躍，粒米未曾進肚，已甚爲飢餓。

那女童道：「你餓了麼？」虛竹道：「是。這雪峯之上只怕沒甚麼可吃的東西。」那女童道：「怎麼沒有？雪峯上最多竹鷄，也有梅花鹿和羚羊。我來教你一門平地快跑的輕功，再教你捉鷄擒羊之法……」虛竹不等她說完，急忙搖手，說道：「出家人怎可殺生？我寧可餓死，也不沾葷腥。」那女童罵道：「賊和尙，難道你這一生之中從未吃過葷腥？」虛竹想起那日在小飯店中受一個女扮男裝的小姑娘作弄，吃了一塊肥肉，喝了大半碗鷄湯，苦著臉道：「小僧受人欺騙，吃過一次葷腥，但那是無心之失，想來佛祖也不見罪。但要我親手殺生，那是萬萬不幹的。」

那女童道：「你不肯殺鷄殺鹿，卻願殺人，那更加罪大惡極。」虛竹奇道：「我怎願殺人了？我佛慈悲，罪過，罪過。」那女童道：「還唸佛呢，眞正好笑。你不去捉鷄給我吃，我再過兩個時辰，便要死了，那不是給你害死的麼？」虛竹搔了搔頭皮，道：「這山峯上想來總也有草菌、竹筍之類，我去找來給你吃。」

那女童臉色一沉，指著太陽道：「等太陽到了頭頂，我若不喝生血，非死不可！」虛竹十分駭怕，驚道：「好端端地，爲甚麼要喝生血？」心下發毛，不由得想起了「吸血鬼」。那女童道：「我有個古怪毛病，每日中午倘若不喝生血，全身眞氣沸騰，自己便會活活燒死，臨死時狂性大發，對你大大不利。」

虛竹不住搖頭，說道：「不管怎樣，小僧是佛門子弟，嚴守清規戒律，別說自己決計不殺生，便是見你起意殺生，也要盡力攔阻。」

那女童向他凝視，見他雖有惶恐之狀，但其意甚堅，顯然不肯屈從，嘿嘿冷笑，問道：「你自稱是佛門子弟，嚴守清規戒律，到底有甚麼戒律？」虛竹道：「佛門戒律有根本戒、大乘戒之別。」那女童冷笑道：「花頭倒也真多，甚麼叫根本戒、大乘戒？」虛竹道：「根本戒比較容易，共分四級，首爲五戒，其次爲八戒，更次爲十戒，最後爲具足戒，亦即二百五十戒。五戒爲在家居士所持，一不殺生，二不偷盜，三不淫邪，四不妄語，五不飲酒。至於出家比丘，更須守持八戒、十戒，以致二百五十戒，那比五戒精嚴得多。總而言之，不殺生爲佛門第一戒。」

那女童道：「我曾聽說，佛門高僧欲成正果，須持大乘戒，稱爲十忍，是也不是？」虛竹心中一寒，道：「正是。大乘戒注重捨己救人，那是說爲了供養諸佛，普渡衆生，連自己性命也可捨了，倒也不是眞的須行此十事。」那女童問道：「甚麼叫十忍？」

虛竹武功平平，佛經卻熟，說道：「一割肉飼鷹，二投身餓虎，三斫頭謝天，四折骨出髓，五挑身千燈，六挑眼布施，七剝皮書經，八刺心決志，九燒身供佛，十刺血灑地。」他說一句，那女童冷笑一聲。待他說完，那女童問道：「割肉飼鷹是甚麼事？」

虛竹道：「那是我佛釋迦牟尼前生的事，他見有餓鷹追鴿，心中不忍，藏鴿於懷。餓鷹說道：『你救鴿子，卻餓死了我，我性命豈不是你害的？』我佛便割下自身血肉，餵飽餓鷹。」那女童道：「投身餓虎的故事，想來也差不多了？」虛竹道：「正是。」

那女童道：「照啊，佛家清規戒律，博大精深，豈僅僅『不殺生』三字而已。你如不去捉鷄捉鹿給我吃，便須學釋迦牟尼的榜樣，以自身血肉供我吃喝，否則便不是佛門子弟。」說著拉高虛竹左手的袖子，露出臂膀，笑道：「我吃了你這條手臂，也可挨得一日之飢。」

虛竹瞥眼見到她露出一口白森森的牙齒，似乎便欲在他手臂上咬落。本來這個八九歲的女童人小力微，絕不足懼，但虛竹心中一直想著她是個借屍還魂的女鬼，眼見她神情可怖，不由得心膽俱寒，大叫一聲，甩脫她手掌，拔步便向山峯上奔去。

他心驚膽戰之下，這一聲叫得甚是響亮，只聽得山腰中有人長聲呼道：「在這裏了，大夥兒向這邊追啊。」呼聲清朗洪亮，正是不平道人的聲音。

虛竹心道：「啊喲，不好！我這一聲叫，可洩露了行藏，那便如何是好？」要待回去背負那女童，實是害怕，但說置之不理，自行逃走，又覺不忍，站在山坡之上，猶豫不定，向山腰中望下去，只見四五個黑點正向上爬來，雖然相距尚遠，但終究必會追到，那女童落入了他們手中，自無倖理。他走下幾步，說道：「喂，你如答允不咬我，我便背你逃走。」

那女童哈哈一笑，說道：「你過來，我跟你說。上來的那五人第一個是不平道人，第二個是烏老大，第三個姓安，另外兩人一個姓羅，一個姓利。我教你幾手本領，你先將不平道人打倒。」她頓了一頓，微笑道：「只將他打倒，令他不得害人，卻不是傷他性命，那並非殺生，不算破戒。」

虛竹道：「為了救人而打倒兇徒，那自然是應該的。不過不平道人和烏老大武功甚高，我怎打得倒他們？你本事雖好，這片刻之間，我也學不會。」

那女童道：「蠢才，蠢才！無崖子是蘇星河和丁春秋二人的師父。蘇丁二人武功如何，你親眼見過的，徒弟已然如此，師父可想而知。他將七十多年來勤修苦練的功力全都逆運給你，不平道人、烏老大之輩，如何能與你相比？你不過蠢得厲害、不會運用而已。你將那隻布袋拿來，右手這樣拿住了，張開袋口，真氣運到左臂，左手在敵人後腰上一拍……」虛竹依法照學，手勢甚是容易，卻不知這幾下手法，如何能打得倒這些武林高手。

那女童道：「跟著下去，左手食指便點敵人這個部位。不對，不對，須得如此運氣，所點的部位也不能有絲毫偏差。臨敵之際，務須鎮靜從事，若有半分參差，不但打不倒敵人，自己的性命反而交在對方手中了。」

虛竹依著她的指點，用心記憶。這幾下手法一氣呵成，雖只五六個招式，但每個招式之中，身法、步法、掌法、招法，均十分奇特，雙足如何站，上身如何斜，當眞繁複之極，同時每一招之出，均須將內力運到手掌之上，勁隨招生。虛竹練了半天，仍沒練得合式。他悟性不高，記心卻極好，那女童所教的法門，他每一句都記得，但要一口氣將所有招式全都演得無誤，卻萬萬不能。

那女童接連糾正了幾遍，罵道：「蠢才，無崖子選了你來做武功傳人，當眞瞎了眼睛啦。他要你去跟那賤婢學武，那賤婢『姐兒愛俏』，對人無情無義，倘若你是個俊俏標致的少年，那也罷了，偏偏又是個相貌醜陋的小和尚，眞不知無崖子是怎生挑的。」

虛竹說道：「無崖子老先生也曾說過的，他一心要找個風流俊雅的少年來做傳人，只可惜……這逍遙派的規矩古怪得緊，現下……現下逍遙派的掌門人是你當去了……」下面一句話沒說下去，心中是說：「你這老鬼附身的小姑娘，卻也不見得有甚美貌。」

說話之間，虛竹又練了兩遍，第一遍左掌出手太快，第二遍手指卻點歪了方位。他性子卻甚堅毅，正待再練，忽聽得腳步聲響，不平道人如飛般奔上坡來，笑道：「小和尚，你逃得很快啊！」雙足一點，便撲將過來。

虛竹眼見他來勢兇猛，轉身欲逃。那女童喝道：「依法施爲，不得有誤。」虛竹不及細想，張開布袋的大口，眞氣運上左臂，揮掌向不平道人拍去。

不平道人罵道：「小和尙，居然還敢向你道爺動手？」舉掌一迎。虛竹不等雙掌相交，出腳便勾。說也奇怪，這一腳居然勾中，不平道人向前一個踉蹌，虛竹左手圈轉，運氣向他後腰拍落。這一下可更加奇了，這個將三十六洞洞主、七十二島島主渾沒放在眼裏的不平道人，竟挨不起這一掌，身形晃動，便向袋中鑽了進去。虛竹大喜，跟著食指逕點他「意舍穴」。這「意舍穴」在背心中脊兩側，脾兪之旁，虛竹不會點穴功夫，匆忙中出指略歪，卻點中了「意舍穴」之上的「陽綱穴」。

不平道人大叫一聲，從布袋中鑽了出來，向後幾個倒翻觔斗，滾下山去。

那女童連叫：「可惜，可惜！」又罵虛竹：「蠢才，叫你點意舍穴，便立時令他動彈不得，誰叫你去點陽綱穴？」虛竹又驚又喜，道：「這法門當眞使得，只可惜小僧太蠢，不過這一下雖然點錯了，卻已將他嚇得不亦樂乎！」眼見烏老大搶了上來，虛竹提袋上前，說道：「你來試試罷。」

烏老大見不平道人一招便即落敗，滾下山坡，心下又駭異，又警惕，提起綠波香露刀斜身側進，一招「雲繞巫山」，向虛竹腰間削來。虛竹急忙閃避，叫道：「啊喲，不好！這人用刀，我……我可對付不了。」

那女童叫道：「你過來抱著我，跳到樹頂上去！」這時烏老大已連砍了三刀，幸好他心存忌憚，不敢過份進逼，這三刀都是虛招。但虛竹抱頭鼠竄，情勢已萬分危急，聽得那女童這般叫喚，心中一喜：「上樹逃命，這一法門我倒學過。」正待奔過去抱那女童，烏老大已刀進連環，迅捷如風，向他要害砍來。虛竹叫道：「不得了！」提氣一躍，身子筆直上升，猶如飛騰一般，輕輕落在一株大松樹頂上。

這松樹高近三丈，虛竹說上便上，倒令烏老大吃了一驚。他武功精強，輕功卻是平平，這麼高的松樹萬萬爬不上去，但他著眼所在，本不在虛竹而在女童，喝道：「死和尙，你便在樹頂上呆一輩子，永遠別下來罷！」說著拔足奔向那女童，伸手抓住她後頸。他還是要將這女童擒將下去，要大夥人人砍她一刀，飲她人血，歃血爲盟，使得誰也不能再起異心。

虛竹見那女童又給擒住，心中大急，尋思：「她叫我抱她上樹，我卻自己逃到樹頂，這輕身功夫是她傳授我的，這不是忘恩負義嗎？」便從樹頂躍下。他手中拿著布袋，躍下時袋口恰好朝下，順手一罩，將烏老大的腦袋套在袋中，左手食指便向他背心上點去，這一指仍沒能點中他「意舍穴」，卻偏下寸許，戳到了他的「胃倉穴」。

烏老大只覺頭頂生風，跟著便目不見物，大驚之下，揮刀砍出，卻砍了個空，其時正好虛竹點中了他胃倉穴。烏老大並不因此軟癱，只雙臂一麻，噹的一聲，綠波香露刀落地，左手也即放鬆了那女童後頸。他急於要擺脫罩在頭上的布袋，翻身著地急滾。

虛竹抱起那女童，又躍上樹頂，連說：「好險，好險！」那女童臉色蒼白，罵道：「不成器的東西，我老人家教了你功夫，卻兩次都攪錯了。」虛竹好生慚愧，說道：「是，是！我點錯了他穴道。」那女童道：「你瞧，他們又來了。」虛竹向下望去，只見不平道人和烏老大已回上坡來，另外還有三人，遠遠的指指點點，卻不敢逼近。

忽見一個矮胖子大叫一聲，急奔搶上，奔到離松樹數丈外便著地滾倒，只見他身上有一叢光圈罩住，原來是舞動兩柄短斧，護著身子，搶到樹下，跟著錚錚兩聲，雙斧砍向樹根。此人力猛斧利，看來最多砍得十幾下，這棵大松樹便給他砍倒了。

虛竹大急，叫道：「那怎麼是好？」那女童冷冷的道：「你師父指點了你門路，叫你去求那圖中的賤婢傳授武功。你去求她啊！這賤婢教了你，你便可下去打倒這五隻豬狗了。」虛竹急道：「唉，唉！」心想：「在這當口，你還有心思去跟這圖中女子爭強鬥勝。」錚錚兩響，矮胖子雙斧又在松樹上砍了兩下，樹幹不住晃動，松針如雨而落。

那女童道：「你將丹田中的眞氣，先運到肩頭巨骨穴，再送到手肘天井穴，然後送到手腕陽池穴，在陽谿、陽谷、陽池三穴中連轉三轉，然後運到無名指關衝穴。」一面說，一面伸指摸向虛竹身上穴道。她知道單提經穴之名，定然令虛竹茫然無措，非親手指點不可。

虛竹自得無崖子傳功後，眞氣在體內遊走，要到何處便何處，略無窒滯，聽那女童這般說，便依言運氣，只聽得錚錚兩聲，松樹又晃了一晃，說道：「運好了！」那女童道：「你摘下一枚松球，對準那矮胖子的腦袋也好，心口也好，以無名指運眞力彈出去！」虛竹道：「是！」摘下一枚松球，扣在無名指上。

女童叫道：「彈下去！」虛竹右手大拇指一鬆，無名指上的松球便彈了下去。只聽得呼的一聲響，松球激射而出，勢道威猛無儔，只是他從來沒學過暗器功夫，手上全無準頭，松球啪的一聲，鑽入土中，沒得無形無蹤，離那矮子少說也有三尺之遙，力道雖強，卻全無實效。那矮子嚇了一跳，只怔得一怔，又掄斧向松樹砍去。

那女童道：「蠢和尚，再彈一下試試！」虛竹心中好生慚愧，依言又運眞氣彈出一枚松球。他刻意求中，手腕發抖，結果離那矮子的身子更在五尺之外。

那女童搖頭嘆息，說道：「此處距左首那株松樹太遠，你抱了我後跳不過去，眼前情勢危急，你自己逃生去罷。」虛竹道：「你說那裏話來？我豈是貪生負義之輩？不管怎樣，我定要盡心盡力救你。當眞不成，我陪你一起死便了。」那女童道：「蠢和尚，我跟你非親非故，何以要陪我送命？哼哼，他們想殺我二人，只怕沒這麼容易。你摘下十二枚松球，每隻手握六枚，然後這麼運氣。」說著便教了他運氣之法。

虛竹心中記住了，還沒依法施行，那松樹已劇烈晃動，跟著喀喇喇一聲大響，便倒將下來。不平道人、烏老大、那矮子以及其餘二人歡呼大叫，一齊搶來。

那女童喝道：「把松球擲出去！」其時虛竹掌中眞氣奔騰，雙手揚處，十二枚松球同時擲出，啪啪啪啪幾響，四個人翻身摔倒。那矮子沒給松球擲中，大叫：「我的媽啊！」拋下雙斧，滾下山坡去了。虛竹這十二枚松球射出時迅捷剛猛，聲到球至，其餘那四人絕無餘暇閃避。

虛竹擲出松球之後，生怕摔壞了那女童，抱住她腰輕輕落地，只見雪地上片片殷紅，四人身上汩汩流出鮮血，不由得呆了。

那女童一聲歡呼，從他懷中掙下地來，撲到不平道人身上，將嘴巴湊上他額頭傷口，狂吸鮮血。虛竹大驚，叫道：「你幹甚麼？」抓住她後心，一把提起。那女童道：「你已打死了他，我吸他的血治病，有甚麼不對？」

虛竹見她嘴旁都是血液，說話時張口獰笑，不禁害怕，緩緩放下她身子，顫聲道：「我……我已打死了他？」那女童道：「難道還有假的？」說著俯身又去吸血。

虛竹見不平道人額角上有個鷄蛋般大的洞孔，心下一凜：「啊喲！我將松球打進了他腦袋！這松球又輕又軟，怎打得破他腦殼？」再看其餘三人時，一人心口中了兩枚松球，一人喉頭和鼻樑各中一枚，都已氣絕，只烏老大肚皮上中了一枚，不住喘氣呻吟，尚未斃命。

虛竹走到他身前，拜將下去，說道：「烏先生，小僧失手傷了你，實非故意，但罪孽深重，當眞對你不起。」烏老大喘氣罵道：「臭和尚，開……開甚麼玩笑？快……快……一刀將我殺了。你奶奶的！」虛竹道：「小僧豈敢和前輩開玩笑？不過，不過……」突然間想起自己一出手便連殺三人，看來這烏老大也性命難保，實已犯了佛門不得殺生的第一大戒，心中驚懼交集，渾身發抖，淚水滾滾而下。

那女童吸飽鮮血，慢慢挺直身子，見虛竹手忙腳亂的正替烏老大裹傷。烏老大動彈不得，卻不住口的惡毒咒罵。虛竹只是道歉：「不錯，不錯，確是小僧不好，眞是一萬個對不起。不過你罵我父母，我是個無父無母的孤兒，也不知我父母是誰，因此你罵了也是無用。我不知我父母是誰，自然也不知我奶奶是誰，不知我十八代祖宗是誰了。烏先生，你肚皮上一定很痛，當然脾氣不好，我決不怪你。我隨手一擲，萬萬料想不到這幾枚松球竟如此霸道厲害。唉！這些松球當眞邪門，想必是另外一種品類，與尋常松球大大不同。」

烏老大罵道：「操你奶奶雄，這松球有甚麼與衆不同？你這死後上刀山，下油鍋，進十八層阿鼻地獄的臭賊禿，你……咳咳，內功高強，打死了我，烏老大藝不如人，死而無怨，卻又來說……咳咳……這等消遣人的風涼話？說甚麼這松球霸道邪門？你身有無上內功，也用不著這麼強……強……兇……兇霸道……」一口氣接不上來，不住大咳。

那女童笑道：「今日當眞便宜了小和尚，姥姥這手神功本是不傳之祕，可是你心懷至誠，確是甘願爲姥姥捨命，已符合我傳功的規矩，何況危急之中，姥姥有求於你，非要你出手不可。」

烏老大聽得啞巴女童忽然張口說話，睁大了眼睛，驚奇難言，這才想起先前曾聽到有人對虛竹說話，只危急之中，也無暇細思，沒料到聲音竟發自女童，此時親眼所見，親耳所聽，不由得驚得呆了，過了半晌，才道：「你……你是甚麼人？你本來是啞巴，怎麼會說話了？」

那女童冷笑道：「憑你也配問我是誰？」從懷中取出一個瓷瓶，倒出兩枚黃色藥丸，交給虛竹道：「你給他服下。」虛竹應道：「是！」心想這是傷藥當然最好，就算是毒藥，反正烏老大性命難保，早些死了，也免卻許多痛苦，便送到烏老大口邊。

烏老大突然聞到一股極強烈的辛辣之氣，不禁打了幾個噴嚏，又驚又喜，道：「這……這是九轉……九轉熊蛇丸？」那女童點頭道：「不錯，你見聞淵博，算得是三十六洞中的傑出之士。這九轉熊蛇丸專治金創外傷，還魂續命。」烏老大道：「你爲何救我性命？」他怕失了良機，不等那女童回答，便將兩顆藥丸吞入肚中。那女童道：「一來你幫了我一個大忙，須得給你點好處，二來日後還能用得著你。」烏老大更加不懂，說道：「我幫過你甚麼忙？姓烏的一心要想取你性命，對你從來沒安過好心。」

那女童冷笑道：「你倒光明磊落，也還不失是條漢子……」抬頭看天，見太陽已升到頭頂，向虛竹道：「小和尚，我要練功，你在旁護法。倘若有人前來打擾，你便運起我教你的功夫，抓起泥沙也好，石塊也好，打出去便是。」

虛竹搖頭道：「如再打死人，那怎麼辦？我……我可不幹。」那女童走到坡邊，向下一望，道：「這會兒沒人來，你不幹便不幹罷。」當即盤膝坐下，右手食指指天，左手食指指地，口中嘿的一聲，鼻孔中噴出了兩條淡淡白氣。

烏老大驚道：「這……這是『天長地久不老長春功』……」虛竹道：「烏先生，你服了藥丸，傷勢好些了麼？」烏老大罵道：「臭賊禿，王八蛋和尚，我的傷好不好，跟你有甚相干？要你這妖僧來假惺惺的討好。」但覺腹上傷處疼痛略減，又素知九轉熊蛇丸乃靈鷲宮的金創靈藥，實有起死回生之功，說不定自己這條性命竟能撿得回來，見這女童居然能練這神功，心中驚疑萬狀，他曾聽人說過，這「天長地久不老長春功」是靈鷲宮至高無上的武功，須以最上乘的內功為根基，方能修練，這女童雖出自靈鷲宮，但不過八九歲年紀，如何攀得到這等境界？難道自己所知有誤，她練的是另外一門功夫？

但見那女童鼻中吐出來的白氣纏住她腦袋周圍，繚繞不散，漸漸愈來愈濃，成為一團白霧，將她面目都遮沒了，跟著只聽得她全身骨節格格作響，猶如爆豆。虛竹和烏老大面面相覷，不明所以。過了良久，爆豆聲漸輕漸稀，跟著那團白霧也漸漸淡了，見那女童鼻孔中不斷吸入白霧，待得白霧吸盡，那女童睜開雙眼，緩緩站起。

虛竹和烏老大同時揉了揉眼睛，似乎有些眼花，只覺那女童臉上神情頗有異樣，但到底有何不同，卻也說不上來。那女童瞅著烏老大，說道：「你果然淵博得很啊，連我這『天長地久不老長春功』也知道了。」烏老大道：「你……你是甚麼人？是童姥的弟子嗎？」那女童道：「哼！你膽子的確不小。」不答他問話，向虛竹道：「你左手抱著我，右手抓住烏老大後腰，以我教你的法子運氣，躍到樹上，再向峯頂爬高幾百丈。」

虛竹道：「只怕小僧沒這等功力。」依言將那女童抱起，右手在烏老大後腰一抓，提起時十分費力，那裏還能躍高上樹？那女童罵道：「幹麼不運眞氣？」

虛竹歉然笑道：「是，是！我一時手忙腳亂，竟爾忘了。」一運眞氣，說也奇怪，烏老大的身子登時輕了，那女童更直如無物，一縱便上了高樹，跟著又以女童所授之法一步跨出，從這株樹跨到丈許外的另一株樹上，便似在平地跨步一般。他這一步本已跨到那樹的樹梢，只是太過輕易，反而嚇了一跳，一驚之下，眞氣回入丹田，腳下一重，立時摔了下來，總算沒脫手摔下那女童和烏老大。他著地之後，立即重行躍起，生怕那女童責罵，一言不發的向峯上疾奔。

初時他眞氣提運不熟，腳下時有窒滯，後來體內眞氣流轉，竟如平常呼吸一般順暢，不須存想，自然而然的周遊全身。他越奔越快，上山幾乎如同下山，有點收足不住。那女童道：「你初練北冥眞氣，不能使用太過，若要保住性命，可以收腳了。」虛竹道：「是！」又向上衝了數丈，這才緩住勢頭，躍下樹來。

烏老大又驚奇，又佩服，又有幾分豔羨，向那女童道：「這……這北冥眞氣，是你今天才教他的，居然已這麼厲害。縹緲峯靈鷲宮的武功，當眞深如大海。你小小一個孩童，已……已經……咳咳……這麼了不起。」

那女童遊目四顧，望出去密密麻麻的都是樹木，冷笑道：「三天之內，你這些狐羣狗黨們未必能找到這裏罷？」烏老大慘然道：「我們已一敗塗地，這……這小和尚身負北冥眞氣，全力護你，大夥兒便算找到你，也已奈何你不得了。」那女童冷笑一聲，不再言語，倚在一株大樹的樹幹上，便即閉目睡去。

虛竹這一陣奔跑之後，腹中更加餓了，瞧瞧那女童，又瞧瞧烏老大，說道：「我要去找東西吃，只不過你這人存心不良，只怕要加害我的小朋友，我有點放心不下，還是隨身帶了你走爲是。」說著伸手抓起他後腰。

那女童睜開眼來，說道：「蠢才，我教過你點穴的法子。難道這會兒人家躺著不動，你仍然點不中麼？」虛竹道：「就怕我點得不對，他仍能動彈。」那女童道：「他的生死符在我手中，他焉敢妄動？」

一聽到「生死符」三字，烏老大「啊」的一聲驚呼，顫聲道：「你……你……你……」那女童道：「你剛才服了我幾粒藥丸？」烏老大道：「兩粒！」那女童道：「靈鷲宮九轉熊蛇丸神效無比，何必要用兩粒？再說，你這等豬狗不如的畜生，也配服我兩粒靈丹麼？」烏老大額頭冷汗直冒，顫聲道：「另……另外一粒是……是……」那女童道：「你天池穴上如何？」

烏老大雙手發抖，急速解開衣衫，只見胸口左乳旁「天池穴」上現出一點殷紅如血的朱斑。他大叫一聲「啊喲！」險些暈去，道：「你……你……到底是誰？怎……怎……怎知道我生死符的所在？你是給我服下『斷筋腐骨丸』了？」那女童微微一笑，道：「我還有事差遣於你，不致立時便催動藥性，你也不用如此驚慌。」烏老大雙目凸出，全身簌簌發抖，口中「啊啊」幾聲，再也說不出話來。

虛竹曾多次看到烏老大露出驚懼的神色，但駭怖之甚，從未有這般厲害，隨口道：「斷筋腐骨丸是甚麼東西？是一種毒藥麼？」

烏老大臉上肌肉牽搐，又「啊啊」了幾聲，突然指著虛竹罵道：「臭賊禿，瘟和尚，你十八代祖宗男的都是烏龜，女的都是娼妓，你日後絕子絕孫，生下兒子沒屁股，生下女兒來三條胳臂四條腿……」越罵越奇，口沫橫飛，當眞憤怒已極，罵到後來牽動傷口，太過疼痛，這才住口。

虛竹嘆道：「我是和尚，自然絕子絕孫，既然絕子絕孫了，有甚麼沒屁股沒胳臂的？」烏老大罵道：「你這瘟賊禿想太太平平的絕子絕孫麼？卻又沒這麼容易。你將來生十八個兒子、十八個女兒，個個服了斷筋腐骨丸，在你面前哀號九十九天，死不成，活不得。最後你自己也服了斷筋腐骨丸，叫你自己也嘗嘗這滋味。」虛竹吃了一驚，問道：「這斷筋腐骨丸，竟這般厲害陰毒麼？」烏老大道：「你全身的軟筋先都斷了，那時你嘴巴不會張、舌頭也不能動，然後……然後……」他想到自己已服了這天下第一陰損毒藥，再也說不下去，滿心冰涼，登時便想一頭在松樹上撞死。

那女童微笑道：「你只須乖乖的聽話，我不加催動，這藥丸的毒性便十年也不會發作，你又何必怕得如此厲害？小和尚，你點了他穴道，免得他發起瘋來，撞樹自盡。」

虛竹點頭道：「不錯！」走到烏老大背後，伸左手摸到他背心上的「意舍穴」，仔細探索，確實驗明不錯了，這才對準了一指點出。烏老大悶哼一聲，立時暈倒。此時虛竹對體內「北冥眞氣」的運使已摸到初步門徑，這一指其實不必再認穴而點，不論戳在對方身上甚麼部位，都能使人身受重傷。虛竹見他暈倒，立時又手忙腳亂的揑他人中，按摩胸口，才將他救醒。烏老大虛弱已極，只輕輕喘氣，那裏還有半分罵人的力氣？

虛竹見他醒轉，這才出去尋食。樹林中麞鹿、羚羊、竹鷄、山兔之類倒著實不少，他卻那肯殺生？尋了多時，找不到可食的物事，只得躍上松樹，採摘松球，剝了松子出來果腹。松子淸香甘美，只是一粒粒太也細小，一口氣吃了二三百粒，仍然不飽。他腹飢稍解，剝出來的松子便不再吃，裝了滿滿兩衣袋，拿去給那女童和烏老大吃。

那女童道：「這可生受你了。只是這三個月中我吃不得素。你去解開烏老大的穴道。」當下傳了解穴之法。虛竹道：「是啊，烏老大也必餓得狠了。」依照那女童所授，解開烏老大的穴道，抓了一把松子給他，道：「烏先生，你吃些松子。」烏老大狠狠瞪了他一眼，拿起松子便吃，吃幾粒，罵一句：「死賊禿！」再吃幾粒，又罵一聲：「瘟和尚！」虛竹也不著惱，心想：「我將他傷得死去活來，也難怪他生氣。」

那女童道：「吃了松子便睡，不許再作聲了。」烏老大道：「是！」眼光始終不敢向她瞧去，迅速吃了松子，倒頭就睡。虛竹走到一株大樹之畔，坐在樹根上倚樹休息，心想：「可別跟那老女鬼坐得太近。」連日疲累，不多時便即沉沉睡去。

次晨醒來，但見天色陰沉，烏雲低垂。那女童道：「烏老大，你去捉一隻梅花鹿或是羚羊甚麼來，限巳時之前捉到，須是活的。」烏老大道：「是！」掙扎著站起，撿了一根枯枝當作拐杖，撐在地下，搖搖晃晃的走去。虛竹本想扶他一把，但想到他是去捕獵殺生，連唸：「我佛慈悲，我佛慈悲！」又道：「鹿兒、羊兒、兔子、山鷄，一切眾生，速速遠避，別給烏老大捉到了。」那女童扁嘴冷笑，也不理他。

豈知虛竹唸經只管唸，烏老大重傷之下，不知出了些甚麼法道，居然巳時未到，便拖著一頭小小的梅花鹿回來。虛竹又不住口的唸佛。

烏老大道：「小和尚，快生火，咱們烤鹿肉吃。」虛竹道：「罪過，罪過！小僧決計不助你作此罪孽。」烏老大一翻手，從靴筒裏拔出一柄精光閃閃的匕首，便要殺鹿。那女童道：「且慢動手。」烏老大道：「是！」放下了匕首。虛竹大喜，說道：「是啊，是啊！小姑娘，你心地仁慈，將來必有好報。」那女童冷笑一聲，不去理他，自管閉目養神。那小鹿不住咩咩而叫，虛竹幾次想衝過去放了牠，卻總不敢。

眼見樹枝的影子愈來愈短，其時天氣陰沉，樹影也是極淡，幾難辨別。那女童道：「是午時了。」抱起小鹿，扳高鹿頭，一張口便咬在小鹿咽喉上。小鹿痛得大叫，不住掙扎，那女童牢牢咬緊，口內咕咕有聲，不斷吮吸鹿血。虛竹大驚，叫道：「你……你……這太殘忍了。」那女童那加理會，只用力吸血。小鹿越動越微，終於一陣痙攣，便即死去。

那女童喝飽了鹿血，肚子高高鼓起，這才拋下死鹿，盤膝而坐，一手指天，一手指地，又練起那「天長地久不老長春功」來，鼻中噴出白煙，繚繞在腦袋四周。過了良久，那女童收煙起立，說道：「烏老大，你去烤鹿肉罷。」

虛竹心下嫌惡，說道：「小姑娘，眼下烏老大聽你號令，盡心服侍於你，再也不敢出手加害。小僧這就別過了。」那女童道：「我不許你走。」虛竹道：「小僧急於去尋找衆位師叔伯，倘若尋不著，便須回少林寺覆命請示，不能再躭誤時日了。」

那女童冷冷的道：「你不聽我話，要自行離去，是不是？」虛竹道：「小僧已想了個法子，我在僧袍中塞滿枯草樹葉，打個大包袱，負之而逃，故意讓山下衆人瞧見，他們只道包袱中是你，一定向我追來。小僧將他們遠遠引開，你和烏老大便可乘機下山，回到你的縹緲峯去啦。」那女童道：「這法子倒也不錯，多虧你還爲我設想。可是我偏不想逃走！」虛竹道：「那也好！你在這裏躲著，這大雪山上林深雪厚，他們找你不到，最多十天八天，也必散去了。」

那女童道：「再過十天八天，我已回復到十八九歲時的功力，那裏還容他們走路？」虛竹奇道：「甚麼？」那女童道：「你仔細瞧瞧，我現在的模樣，跟兩天前有甚麼不同？」虛竹凝神瞧去，見她神色間似乎大了幾歲，是個十一二歲的女童，不再像是八九歲，喃喃道：「你……你……好像在這兩天之中，大了兩三歲。只是……只是身子卻沒長大。」那女童甚喜，道：「嘿嘿，你眼力不錯，居然瞧得出我大了兩三歲。蠢和尚，天山童姥身材永如女童，自然是並不長大的。」

虛竹和烏老大都大吃一驚，齊聲道：「天山童姥！你是天山童姥？」

那女童傲然道：「你們當我是誰？你姥姥身如女童，難道你們瞎了眼，瞧不出來？」

烏老大睜大了眼向她凝視半晌，嘴角不住牽動，想要說話，始終說不出來，過了良久，突然撲倒在雪地之中，嗚咽道：「我……我早該知道了，我眞是天下第一號大蠢材。我……我只道你是靈鷲宮中一個小丫頭、小女孩，那知道……你……你竟便是天山童姥！」

那女童向虛竹道：「你以爲我是甚麼人？」虛竹道：「我以爲你是個借屍還魂的老女鬼！」那女童臉色一沉，喝道：「胡說八道！甚麼借屍還魂的老女鬼？」虛竹道：「你模樣是個女娃娃，心智聲音卻是老年婆婆，你又自稱姥姥，若不是老女人的生魂附在女孩子身上，怎能如此？」那女童嘿嘿一笑，說道：「小和尚異想天開！」

她轉頭向烏老大道：「當日我落在你手中，你沒取我性命，現下好生後悔，是不是？」烏老大翻身坐起，說道：「不錯！我以前曾上過三次縹緲峯，只是給蒙住了眼睛，沒見到你的形貌。烏老大當眞有眼無珠，還當你……還當你是個啞巴女童。」

那女童道：「不但你聽見過我說話，三十六洞、七十二島的妖魔鬼怪之中，聽過我說話的人著實不少。你姥姥給你們擒住了，若不裝作啞巴，說不定便給你們認出了口音。」烏老大連聲嘆氣，問道：「你武功通神，殺人不用第二招，又怎麼給我手到擒來，毫不抗拒？」

那女童哈哈大笑，說道：「我曾說多謝你出手相助，那便是了。那日我正有強仇到來，姥姥身子不適，難以抗禦，恰好你來用布袋負我下峯，讓姥姥躲過了一劫。這不是要多謝你麼？」說到這裏，突然目露兇光，厲聲道：「可是你擒住我之後，說我假扮啞巴，以種種無禮手段對付姥姥，實在罪大惡極，若非如此，我原可饒了你性命。」

烏老大躍起身來，雙膝跪倒，說道：「姥姥，不知者不罪，烏老大那時若知你老人家便是我一心敬畏的童姥，烏某便膽大包天，也決不敢有半分得罪你啊。」那女童冷笑道：「畏則有之，敬卻未必。你邀集三十六洞、七十二島的一衆妖魔，決心叛我，卻又怎麼說？」烏老大不住磕頭，額頭撞上山石，只磕得十幾下，額上已鮮血淋漓。

虛竹心想：「這小姑娘原來竟是天山童姥。童姥，童姥，我本來只道她是姓童的婆婆，那知這『童』字是孩童之童，並非姓童之童。此人武功高深，詭計多端，人人畏之如虎，這幾天來我出力助她，她心中定在笑我不自量力。嘿嘿，虛竹啊虛竹，你眞是個蠢笨之極的和尚！」眼見烏老大磕頭不已，他一言不發，轉身便行。

天山童姥喝道：「你到那裏去？給我站住！」虛竹回身合什，說道：「三日來小僧做了無數傻事，告辭了！」童姥道：「甚麼傻事？」虛竹道：「女施主武功神妙，威震天下，小僧有眼不識泰山，反來援手救人。女施主當面不加嘲笑，小僧甚感盛情，只是自己越想越慚愧，當眞無地自容。」

童姥走到虛竹身邊，回頭向烏老大道：「我有話跟小和尚說，你走開些。」烏老大道：「是，是！」站起身來，一蹺一拐的向東北方走去，隱身在一叢松樹之後。

童姥向虛竹道：「小和尚，這三日來你確是救了我性命，並非做甚麼傻事。天山童姥生平不向人道謝，但你救我性命，姥姥日後當有補報。」虛竹搖手道：「你這麼高強的武功，何須我相救？你明明是取笑於我。」童姥沉臉道：「我說是你救了我性命，便是你救了我性命，姥姥生平說話，決不喜人反駁。姥姥所練的內功，確是叫做『天長地久不老長春功』。這功夫威力奇大，練成了能長生不老，卻有一個大大的不利之處，每三十年，我便要返老還童一次。」虛竹道：「返老還童？那……那不是很好麼？」

童姥嘆道：「你這小和尚忠厚老實，於我有救命之恩，更與我逍遙派淵源極深，說給你聽了，也不打緊。我自六歲起練這功夫，三十六歲返老還童，花了三十天時光。六十六歲返老還童，那一次用了六十天。今年九十六歲，再次返老還童，便得有九十天時光，方能回復功力。」虛竹睜大了眼睛，奇道：「甚麼？你……你今年已經九十六歲了？」

童姥道：「我是你師父無崖子的師姊，無崖子倘若不死，今年九十三歲，我比他大了三歲，難道不是九十六歲？」

虛竹睜大了眼，細看她身形臉色，那有半點像個九十六歲的老太婆？

童姥道：「這『天長地久不老長春功』，原是一門神奇無比的內功。只是我練得太早了些，六歲時開始修習，數年後這內功的威力便顯了出來，可是我的身子從此不能長大，永遠是八九歲的模樣了。倘若我是十七八歲時起始修習，返老還童時回到十七八歲，那就妙之極矣！」

虛竹點頭道：「原來如此。」他確也聽師父說過，世上有些人軀體巨大無比，七八歲時便已高於成人，有些卻是侏儒，到老也不滿三尺，師父說那是天生三焦失調之故，倘若及早修習上乘內功，亦有治愈之望，說道：「你這門內功，練的是手少陽三焦經脈嗎？」童姥一怔，點頭道：「不錯。少林派一個小小和尚，居然也有此見識。武林中說少林派是天下武學之首，果然也有些道理。」

虛竹道：「小僧曾聽師父說過些『手少陽三焦經』的道理，所知膚淺之極，只胡亂猜測罷了。」又問：「你今年返老還童，那便如何？」

童姥說道：「返老還童之後，功力全失。修練一日後回復到七歲時的功力，第二日回復到八歲之時，第三日回復到九歲，每一天便是一年。每日午時須得吸飲生血，方能練功。我生平有個大對頭，深知我功夫的底細，算準我返老還童的日子，必定會乘機前來加害。姥姥可不能示弱，下縹緲峯去躲避，於是吩咐了手下的僕婦侍女們種種抵禦之策，姥姥自管自修練。不料我那對頭還沒到，烏老大他們卻闖上峯來。我那些手下正全神貫注的防備我那大對頭，否則憑著安洞主、烏老大這點兒三腳貓功夫，豈能大模大樣的上得峯來？那時我正修練到第三日，給烏老大抓住。我身上不過是九歲女童的功力，如何能夠抗拒？只好裝聾作啞，給他裝在布袋中帶了下山。此後這些時日之中，我喝不到生血，始終是個九歲孩童。這返老還童，便如蛇兒脫殼一般，脫一次殼，長大一次，但如脫到一半給人捉住，實有莫大凶險。幸好初練功的那幾年，功力不深，幾天不喝生血，倒還挨得過不死，倘若再躭擱得一二天，我仍喝不到生血，沒法練功，眞氣在體內脹裂，就非一命嗚呼不可了。我說你救了我性命，就是爲此。」

虛竹道：「眼下你已回復到了十一歲時的功力，要回到九十六歲，豈不是尚須八十五天？還得殺死八十五頭梅花鹿或是羚羊、兔子？」

童姥微微一笑，說道：「小和尚能舉一反三，可聰明起來了。在這八十五天之中，步步艱危，我功力未曾全復，不平道人、烏老大這些幺魔小丑，自然容易打發，但若我的大對頭得到訊息，趕來和我爲難，姥姥獨力難支，非得由你護法不可。」

虛竹道：「小僧武功低微之極，前輩都應付不來的強敵，小僧自然更加無能爲力。以小僧之見，前輩還是遠而避之，等到八十五天之後，功力全復，就不怕敵人了。」

童姥道：「你武功雖低，但無崖子的內力修爲已全部注入你體內，只要懂得運用之法，也大可和我的對頭周旋一番。這樣罷，咱們來做一樁交易，我將精微奧妙的武功傳你，你便以此武功爲我護法禦敵，這叫做兩蒙其利。」也不待虛竹答允，便道：「你好比是個大財主的子弟，祖宗傳下來萬貫家財，底子豐厚之極，不用再去積貯財貨，只要學會花錢的法門就是了。花錢容易聚財難，你練一個月便有小成，練到兩個月後，勉強已可和我的大對頭較量了。你先記住這口訣，第一句是『法天順自然』……」

虛竹連連搖手，說道：「前輩，小僧是少林弟子，前輩的功夫雖神妙無比，小僧卻萬萬不能學，得罪莫怪。」童姥怒道：「你的少林派功夫，早就給無崖子化淸光了，還說甚麼少林弟子？」虛竹道：「小僧只好回到少林寺去，從頭練起。」童姥怒道：「你嫌我旁門左道，不屑學我的功夫，是不是？」

虛竹道：「釋家弟子，以慈悲爲懷，普渡衆生爲志，講究的是離貪去欲，明心見性。這武功嘛，練到極高明時，固然有助禪定，但佛家八萬四千法門，也不一定非要從武學入手不可。我師父說，練武要是太過專心，成了法執，有礙解脫，那也是不對的。」

童姥見他垂眉低目，儼然有點小小高僧的氣象，心想這小和尙迂腐得緊，卻如何對付才好？一轉念間，計上心來，叫道：「烏老大，去捉兩頭梅花鹿來，立時給我宰了！」

烏老大避在遠處，童姥其時功力不足，聲音不能及遠，叫了三聲，烏老大才聽到答應。虛竹驚道：「爲甚麼又要宰殺梅花鹿？你今天不是已喝過生血了麼？」

童姥笑道：「是你逼我宰的，何必又來多問？」虛竹更是奇怪，道：「我……怎麼會逼你殺生？」童姥道：「你不肯助我抵禦強敵，我非給人家折磨至死不可。你想我心中煩惱不煩惱？」虛竹點頭道：「那也說得是，『怨憎會』是人生七苦之一，姥姥要求解脫，須得去瞋去痴。」童姥道：「嘿嘿，你來點化我嗎？這時候可來不及了。我這口怨氣無處可出，我只好宰羊殺鹿，多殺畜生來出氣。」虛竹合什道：「我佛慈悲！罪過，罪過！前輩，這些鹿兒羊兒，實在可憐得緊，你饒了牠們的命罷！」

童姥冷笑道：「我自己的性命轉眼也要不保，又有誰來可憐我？」她提高聲音，叫道：「烏老大，快去捉梅花鹿來。」烏老大遠遠答應。

虛竹徬徨無計，倘若即刻離去，不知將有多少頭羊鹿無辜傷在童姥手下，便說是給自己殺死的，也不為過，但若留下來學她武功，卻又老大不願。

烏老大捕鹿的本事著實高明，不多時便抓住一頭梅花鹿的鹿角，牽了前來。童姥冷冷的道：「今天鹿血喝過了。你將這頭臭鹿一刀宰了，丟到山澗裏去。」虛竹忙道：「且慢！」童姥道：「你如依我囑咐，我可不傷此鹿性命。你若就此離去，我自然每日宰鹿十頭八頭。多殺少殺，全在你一念之間。大菩薩為了普渡衆生，說道我不入地獄，誰入地獄？你陪伴老婆子幾天，又不是甚麼入地獄的苦事，居然忍心令羣鹿喪生，怎是佛門子弟的慈悲心腸？」虛竹心中一凜，說道：「前輩教訓得是，便請放了此鹿，虛竹一憑吩咐便是！」童姥大喜，向烏老大道：「你將這頭鹿放了！給我滾得遠遠地！」

童姥待烏老大走遠，便即傳授口訣，教虛竹運用體內眞氣之法。她與無崖子是同門師姊弟，一脈相傳，武功的路子全然一般。虛竹依法修習，甚為容易，進展頗速。

次日童姥再練「天長地久不老長春功」時，咬破鹿頸喝血之後，便在鹿頸傷口上敷以金創藥，縱之使去，向烏老大道：「這位小師父不喜人家殺生，從今而後，你也不許吃葷，只可吃松子，倘若吃了鹿肉、羚羊肉，哼哼，我宰了你給梅花鹿和羚羊報仇。」

烏老大口中答應，心裏直將虛竹十九代、二十代的祖宗也咒了個透，反正這些毒罵前幾天早就罵過，這時也難花樣翻新，知道童姥此時對虛竹極好，一想到「斷筋腐骨丸」的慘厲嚴酷，更不敢對虛竹稍出不遜之言了。

如此過了數日，虛竹見童姥不再傷害羊鹿性命，連烏老大也跟著戒口茹素，心下甚喜，尋思：「人家對我嚴守信約，我豈可不為她盡心盡力？」每日裏努力修為，絲毫不敢怠懈。但見童姥的容貌日日均有變化，只五六日間，已自一個十一二歲的女童變為十六七歲的少女了，只身形如舊，仍然矮小。這日午後，童姥練罷功夫，向虛竹和烏老大道：「咱們在此處停留已久，算來那些妖魔畜生也該尋到了。小和尚，你背我到這峯頂上去，右手仍提著烏老大，免得在雪地中留下了痕跡。」

虛竹應道：「是！」伸手去抱童姥時，卻見她容色嬌艷，眼波盈盈，直是個美貌的大姑娘，一驚縮手，囁嚅道：「小……小僧不敢冒犯。」童姥奇道：「怎麼不敢冒犯？」虛竹道：「前輩已是一位大姑娘了，不再是小姑娘，男……男女授受不親，出家人尤其不可。」

童姥嘻嘻一笑，玉顏生春，雙頰暈紅，顧盼嫣然，說道：「小和尚胡說八道，姥姥是九十六歲的老太婆，你背負我一下打甚麼緊？」說著便要伏到他背上。虛竹驚道：

「不可，不可！」拔腳便奔。童姥展開輕功，自後追來。

其時虛竹的「北冥眞氣」已練到了三四成火候，童姥卻只回復到她十七歲時的功力，輕功大大不如，只追得幾步，虛竹便越奔越遠。童姥叫道：「快回來！」虛竹立定腳步，道：「我拉著你手，躍到樹頂上去罷！」童姥怒道：「你這人迂腐之極，半點也無圓通之意，這一生想要學到上乘武功，那是難矣哉，難矣哉！」

虛竹一怔，心道：「金剛經有云：『凡所有相，皆是虛妄。』她是小姑娘也罷，大姑娘也罷，都是虛妄之相。」喃喃說道：「『如來說人身長大，即非大身，是名大身。』如來說大姑娘，即非大姑娘，是名大姑娘……」走將回來。

突然間眼前一花，一個白色人影遮在童姥之前。這人似有似無，若往若還，全身白色衣衫襯著遍地白雪，矇矇矓矓的瞧不清楚。

天龍八部(大字版) / 金庸作.　-- 二版.
-- 臺北市：遠流，2017.10
冊；　公分. -- (大字版金庸作品集；41–50)

ISBN 978-957-32-8133-7 (全套：平裝).

857.9　　　　　　　　　　　　　　106016864